Author
三木なずな
Illustrator
柴乃 櫂人
5
報われなかった村人A、
貴族に拾われて溺愛される上に、
実は持っていた伝説級の
神スキルも覚醒した

CONTENTS

第六章　夜王

97　手探りの会話　010
98　お日様は大型犬　020
99　話をするために　032
100　使徒エクリプス　040
101　死者が眠らない夜　048
102　二人の握手会　057
103　冒瀆にならないたった一つの存在　065
104　水と影　075
105　不死の夜　082
106　執事の真意　092
107　老人たちの反応　102
108　悪魔の溺愛　112
109　魂ソムリエ　122
110　貢ぎ物リスト　133
111　ダブルキャスト　142
112　気持ち悪くないもの　151
113　埋葬したものを　160
114　道具だから　169
115　器の人生　179
116　悪魔と大聖女の戦い　188
117　漁夫のオノドリム　196
118　神は死んだ？　207
119　神と殉教者　221
120　魔法工学の天才　230
121　最後の悪魔　238

書籍版書き下ろし

エクリプスアラカルト　247

ダッシュエックス文庫

報われなかった村人A、貴族に拾われて溺愛される上に、実は持っていた伝説級の神スキルも覚醒した5

三木なずな

第六章　夜王

97 手探りの会話

「えっと……」

俺は困った。

困って、視線をさまよわせた。

その場には俺と、巨大な球体しかなかった。

助けを求めても誰も何もしてくれそうにない、そんな状況だった。

「わっ！」

思わず声を上げてしまった。

巨大な球体が少し近づいてきたのだ。

速度でいえばまったく大したことはない、人が歩くよりもちょっと遅いくらいで、球体の大きさからしたら「そろり」と移動したに過ぎないが、それでもサイズがサイズだ。

俺にはまるで、壁そのものが迫ってきた、それくらいの圧迫感があった。

「ちょ、ちょっとちょっと！　ストップストップ！　それはちょっと怖いよ」

手を突き出して、球体を止めた。

球体はピタッと止まった。

「あっ、言葉が通じるの……？　って、あれ？」

ふと、気づいた。

球体は止まっただけじゃなかった。

なんというか、色合いが少し「暗く」なったような気がした。

「気のせい？　ううん、違う。えっと……」

少し考えて、「もしかして」を前提に探るように言ってみた。

「落ち込まないで。怖いって言ったのは大きいからだよ。悪気があったわけじゃないんだ」

言うと、球体の色が少し明るくなった気がした。

やっぱり言葉は通じてる？　そして「もしかして」も当たってるみたいだった。

信じがたいけど、俺が「怖い」って言ったもんだから落ち込んでしまった……そんな感じだった。

「ねえ、もうちょっと小さくならないの？　そうならちょっと嬉しいかな」

試しにそう言ってみた。

言った直後に変化はなかったから、だめかあ、って思ったけど。

「わっ」

一呼吸遅れて、球体は縮みだした。

グググッ、って感じで小さくなりだした。

やがて半分に――それでも人間より一回りは大きいけど、さっきの半分くらいになってかなり小さくなった。

「わあ、ありがとう。それなら全然大丈夫です」

こう言うと、また少し球体の色が明るくなった。

もう、間違いない。

言葉は通じてるんだと、俺は確信したのだった。

☆

屋敷の中に移動した。

貴族の屋敷は前世に住んでいた村の家とは違って、何もかも大きく造られている。

ドアも玄関も部屋も、ありとあらゆるものが大きく造られている。

だから人間よりも一回り大きい球体でも、問題なく屋敷の中に入れて、一緒にリビングまで移動することができた。

俺はソファーに座り、球体はテーブルを挟んで向かいに鎮座した。

メイドの一人がお茶を持ってきたけど、球体を見てめちゃくちゃに困惑していた。

「ありがとう。ここはいいから、二人っきりにさせてくれる？」

「は、はい。かしこまりました」

メイドは困惑したまま、俺と球体を置いてリビングから出ていった。

そしてリビングの中は、俺と球体の二人っきりになった。

「二人……って言っていいものなんだろうか」

俺もまた、同じように困惑したままつぶやいた。

言葉が通じるのは分かった。

それは分かったけど、見た目がこうだから、人間じゃないよなと思った。

「えっと……君は、リュクス、でいいの？」

探り探りの会話になった。

現れた瞬間、直感でそうなんじゃないかって思ったけど、当然返事もされてないし、何か証拠があったわけでもない。

だから、言葉が通じるって分かって、改めて聞いてみたんだけど。

「色が……チカチカだ、それじゃ分からないよ」

俺は微苦笑した。

こっちの言葉、質問に対して何か反応してくれた。返事をしてくれたのははっきり分かるんだけど、その内容が分からなかった。

さっきははっきりと「暗く」なったし、会話の流れもあったから落ち込んだんだろうなと推測できたけど、このチカチカじゃどういう返事をしてるのか分からない。

――が。

「また暗く――ああ、落ち込まないで！　えっと、ちょっと待ってね」

球体はまた暗く《落ち込んだ》なった。

慌てて手を突き出してそうなるのを制止して、考える。

これもちょっとは分かった。

俺が「それじゃ分からない」って言ったからまた落ち込んだ。

やっぱりこっちの言葉は伝わってるんだ。

あとはどうにかして、向こうの意思表示をこっちが読み取れたらな――と思って、あれこれ考えた。

「えっとね、無理しないでほしいんだけど」

俺はそう前置きした。

この球体が本当にリュクス――夜の太陽なら、まあ病み上がりということになる。

病み上がりの相手に無理はしてほしくないから、そう前置きした。

「ちょっとだけ、大きくなったり小さくなったりってできる？　その大きさから――そうだね、このテーブルの幅よりちょっと大きくなるくらいで」

言うと、球体は大きくなった。

俺のオーダー通り、二人の間にあるローテーブルよりちょっと大きくなった。

「おお。逆にテーブルより小さくなるのは？」

これまたオーダー通り、テーブルの幅より小さくなった。

「うん！　これならいけそう」

俺はちょっと嬉しくなった、そしてホッとした。

「今から僕の質問に、『はい』か『いいえ』でこたえて。『はい』ならテーブルよりちょっと大きくなって、『いいえ』ならちょっと小さく——それでいけそうなら『はい』を」

言った瞬間のできごとだった。

それまではゆっくりと、テーブルの横幅を基準に大きくなったり小さくなったりしてたんだけど、この質問をした瞬間に「パッ！」ってな感じの勢いでテーブルより大きくなった。

『はい』だった。

「わあ！　つまり僕の言葉も分かってたんだね——あっ、『はい』とか『いいえ』とかが続く時は一回テーブルと同じくらいに戻してからの方が分かりやすいかな」

さらにオーダーをする。

球体はパッとテーブルの横幅と同じ幅に縮んで、すぐにまたパッと大きくなった。

俺はよしっ、とガッツポーズした。

『はい』か『いいえ』。

これができるのならかなりの会話ができる。

『はい』と『いいえ』という形だから、俺はいろいろと質問をぶつけてみた。

「君は空にいた――あれ、だよね」

――はい
「普段は人間には見えない方だよね」

――はい
「つまりリュクス――えっと、まず人間がリュクスって呼んでることは知ってる？」

――いいえ
「それは知らないんだね。人間が勝手に呼んでたってことか……えっと、体はもう大丈夫？」

――はい！

「うわっ、ちょっと大きいよ。今のって多分、その大きさと勢い的に、語尾に『！』が付いてる感じかな。どうかな」

――はい
ふむふむ、って感じで俺は頷《うなず》いた。

会話が成立した、それだけじゃなくて、向こうの感情が大きくなった時のサイズや勢いで、微妙に違うのも分かった。

見た目は球体で、人間からは程遠い存在だけど、人間とは変わらないくらいの感情の機微がありそうな、そんな印象を受けた。

「僕のところにきたのはどうして——って、これは『はい』『いいえ』だけじゃ難しいから答えなくていいよ」

言ってから、俺は苦笑いして質問を取り消した。

ちゃんと会話ができるようにはなったけど、やっぱり『はい』と『いいえ』だけじゃ限界がある。

「……何か持ったり動かしたりってできる?」

——……いいえ
「間があったから考えてダメだった、ってことかな」

——はい
なるほどな、と思った。

もし何か持てたり物体を移動させたりすることができるのなら、文字を書いてもらえればいい。

「文字表を用意して移動してもらえばいいけど……文字って多いからね……」

国によっては使ってる文字が少ないところもある。

全部で50個とか、26個しかないところもある。

そういう国だったら、というか俺がそれを分かるのなら、その文字の一覧を全部書き出して、時間はかかるけど文字の上に移動してもらう——とかで、言葉のやり取りが可能になる。

だが、残念だけど、それをするにはこの国の公用語で、俺が覚えてる言葉や使ってる文字が多すぎる。

もっと何かないかな——って考えていると。

「やっほー、遊びにきたよ——って、何これ」

ハイテンションな空気を纏《まと》いながら現れたのはオノドリムだった。

大地の精霊である彼女は、俺が陸上にいる限り、どこにいても居場所がすぐに分かってパッと飛んでこられる。

今みたいになんの予兆もなしに訪ねてくることも珍しくない。

それはそれで普段はいやじゃないが、今はリュクスのことで相手してる余裕がなかった。

「どこから拾ってきたの？　それとも君が作った？」

「あはは、どっちでもないよ。ちょっとね」

「なんか……困ってる？」

「ちょっとだけ」

「あたしに手伝えることはない？　君のためならなんでもするよ？」

「ありがとう、今はまだ大丈夫かな。思いついたらお願いね」

「うん！　なんでも言って」

オノドリムは天真爛漫《てんしんらんまん》な感じで言った。

陽気だが、押しつけがましくならないのは彼女の一番の魅力なんだと俺は思っている。

その性格もあって、俺はかなり彼女に助けられてきた——。

「あっ」

「どうしたの？」

「えっと、ちょっとこっちを先にさせて。ねえ君、君は自分の体をどこまで変えられる？　たとえば——体に『〇』って作ることは？」

俺の質問に、『はい』か『いいえ』での返事は来なかった。

代わりに十秒くらい待ってから、リュクスは自分の体——球体の中央に注文通りの「〇」を作った。

「わあ、これなら！　ありがとうオノドリム」

「え？　ええ？　あたしなんかした？」

俺は興奮し、オノドリムの手を取った。

彼女はいまいち事態を呑《の》み込めず、でも俺に感謝されて悪い気はしない、といった顔をするのだった。

98 お日様は大型犬

「君の名前はリュクスなの？」

『はい』

球体の表面がゆっくりと時間をかけて変化して、十秒くらいすると、俺の質問に対する返事が文章になって現れた。

まるで石碑《せきひ》に刻まれた文章のように、球体――リュクスの表面に現れた。

「おお！　すごい！　ちゃんと文字になってる」

そばで見守っていたオノドリムは嬉しそうに言った。

俺もそう思った。

オノドリムにヒントをもらって、○×じゃなくて、形を体の表面に刻むというやり方を思いついて、それをリュクスに伝えた。

リュクスに説明した後の質問に、向こうは「はい」という言葉で答えた。

「ありがとうオノドリム、君のおかげだよ」

「えー、あたしは何もしてないよー。でも」

オノドリムはそう言い、むふっ、って感じでにやけた顔になって、まんざらでもなさそうだった。

「君の役に立ったのなら嬉しいな」

「役に立ったどころじゃない、ものすごく助かった。本当にありがとう」

「うふふ」

もう一度お礼を言うと、オノドリムはますます嬉しそうにした。

にやけ顔が加速して、自分を抱きしめるように体に腕を回して、そのままくねくねしだした。

俺は改めてリュクスの方に振り向いた。

一連の事件の中心人物（？）、空にずっとあった「夜の太陽」。

そのリュクスが、「はい」の文字を表面に刻んだ姿のまま、こっちを向いて……向いて？いた。

「これも念の為の確認なんだけど。君が空にあった、えっと……夜の太陽、なの？」

『はい』

リュクスは一度「はい」を消して、また同じ「はい」の文字を刻んだ。

「ありがとう、答えたのが分かるようにしてくれたんだね」

『さっきといっしょ』

「あっ、うん、そうだよね。ありがとう」

俺はもう一度お礼を言った。

さっきの○×、大きくなったり小さくなったりする答え方の時は、一度ニュートラルになってもらった。

それと同じことをしてくれたんだ。

「言葉は子供っぽいけど、賢い子なのかな」

「どう考えても僕より遥《はる》かに年上だしね。オノドリムとだと分からないけど」

「あたしは永遠の十七歳だもん」

「ええ！　もうちょっと下だと思ってた」

「もう口が上手《うま》いんだから！」

オノドリムはますます嬉しそうになって、いよいよ俺に抱きついて体を密着させてきた。

向こうはそういうつもりはないんだろうけど、オノドリムみたいな綺麗《きれい》で可愛《かわい》い子に抱きつかれるといろいろと困っ、、てしまう。

本格的に興奮しそうになる前にオノドリムの腕の中から抜け出して、リュクスとの会話を再開させた。

「それで、僕のところに来たのはどうして？」

『おんがえし』

「恩返し？」

『みてくれたから、おんがえし』

「見てくれたから……？」

俺は首を傾《かし》げた。

見てくれたから恩返しとは、どういうことなんだろうか。

『はい』『いいえ』とは違ってちゃんとした文章になったけど、それはそれで深く踏み込んだ話になって分からなかった。

「それ、どういうこと？」

『……』

リュクスが悩んでいるのがありありと見えた。

石碑に刻まれたような『みてくれたから、おんがえし』の文字は一度消えて、別の文字を作ろうとしたようだ。

しかしそれは文字にならず、何度も書いては消し、消しては書いて――を繰り返しているような感じになった。

悩んでいて、迷っているのがありありと見て取れた。

説明が難しいことなのか？　と、思っていると――。

「分かる！」

「うわっ！」

横からオノドリムがいきなり大声を出してきた。

さっきまでの嬉しそうな、ウキウキしている顔とはちがって、真剣な顔になっていた。

そんな顔で、リュクスに喋《しゃべ》りかけた。

「分かるよね！　自分を見てくれた、見つけてくれたのは嬉しいよね！」

『いっしょ？』

「うん！　一緒！　同じだよ‼」

オノドリムはそう言い、リュクスにものすごい共感を示した。

心なしか、リュクスの「顔色」が前に比べてかなり明るくなったような、そんな気がする。

「彼はあたしたちの命の恩人だね！」

『いのちのおんじん』

リュクスはオノドリムと同じ言葉を繰り返した。

命の恩人。

それはオノドリムが現れた時に言った言葉だった。

長い間ずっと一方通行だった自分の言葉が届いた。

それは喜びだと思っていた、オノドリムの「命の恩人」という言葉も、あの後やっぱり「大げさに言ってる」とだけ思っていた。

だけど、そうじゃなかったみたいだ。

オノドリムはリュクスに共感した、リュクスもそうだと認めた。

そして、リュクスは死に瀕《ひん》していたのが、この一連の出来事で本人以外では俺が一番強く実感している。

「本当だったんだ……命の恩人って」

「嘘つかないよー」

『おんじん、かんしゃ』

「だから恩返しなんだ」

『はい』

なるほど、と俺は納得した。

つまりはオノドリムと同じなのだ。

数百年もの間、ずっと孤独だった自分を助けてくれた。

そういう風に考えれば「恩返し」もまったくおおげさじゃないなと思った。

『おんがえし、どうすればいい』

「えっと……そうだね……」

「やっぱり黄金でしょ」

どうすればいいのかを考えようとしたが、オノドリムがノータイムで答えた。

『おうごん？』

「そっ。ほら、あたしが前に君に教えてあげた、地中に埋まってる埋蔵金」

「あったね。人間たちが埋めたけど忘れさられた埋蔵金。地中に埋まってるから大地の精霊の君は全部把握《はあく》してるからそれを僕に教えた」

「そうそれ。人間ってやっぱり黄金があればなんでもできるんでしょ？　お金で買えないものはないってよく言うし」

「必ずしもそうじゃないんだけどね」

俺は苦笑いした。

金で買えないものはない――そういう風に言う人も多いけど、そうだとは思いたくない。

「でもあると嬉しいでしょ？」

「それは……そうだね」

俺は小さく頷《うなず》いた。

「お金があればなんでも買える」は心情的に否定したいけど、「お金があれば嬉しい」は普通にそうだと思う。

『おうごん？』

「そ、黄金」

『……』

オノドリムが頷いたあと、リュクスは体の両面の文字を引っ込めた。

それでまた、体の表面をうごめかせた後、なんと、一部を切り出した。

球体の一部を切り出して、それをゆっくりと宙に浮かべた状態でこっちに向かってきた。

「これは――うわっ！」

何をしてるんだろうか、と聞こうとした瞬間だった。

リュクスの体の一部が、まばゆい光を放ちだした。

それは光とともに膨《ふく》らみ、姿形を変えた。

やがて光が収まったあと、そこにあったのは――。

「お、黄金、なの？」

おそるおそる聞き返した。

そこにあったのは、リュクスの体よりも少し大きい、黄金の塊《かたまり》だった。

人間が立ったまま入れる、正方形の箱。

それくらいの箱の大きさの黄金だった。

『おうごん』

リュクスはまた、自分の体の表面に文字を作って、答えた。

「これくらいはできるよね」

「知ってたのオノドリム」

「うん、まあなんとなく。直接の面識はないけど長い間『そこにいた存在』だから、なんとなくね」

「なるほど……」

本当かどうかは分からないけど、なんか妙に納得できる話だった。

オノドリムとリュクス、いってみれば数千年来の知りあいのような関係だ。

相手のことを知っていてもなんの不思議はない。

「それはいいけど、こんなに——あっ」

「どうしたの？」

「リュクスの体、欠けてる……」

俺はそう言い、オノドリムは俺の視線を追いかけてリュクスを見た。

球体になっているリュクスの体の表面には、文字とは違う「欠損」が一カ所あった。

人間より一回り大きな球体にある、指で作った輪っかくらいのサイズの丸い欠損。

「これって、もしかして？」

「自分の体を変換したんだね」

『からだで、おうごん、つくった』

「えええっ!?　だ、だめだよ！」

俺は大声を上げた。

『おんがえし』

「恩返しはいいけど、身を削《けず》ってはだめ、絶対だめ」

『……』

「これ戻せる？　戻せるのなら戻して」

『おんがえし』

「身を削らない恩返しを考えるから。だから戻して」

結構真面目《まじめ》にリュクスに言った。

恩返しはいい。オノドリムの前例もあるし、それはいい。

だけど、それで「身を削る」のはだめだ。

オノドリムにしたって、地中に埋まっているものでオノドリムが身を切るような話じゃないから受け入れられた。

「身を削るようなやり方じゃせっかく助けた意味がなくなっちゃうよ」

『……』

リュクスは黙り込んだ。

体の表面がめまぐるしく変化した。

どういう感情なんだろう、納得してくれるのかな。

そう、思っていたら——飛びつかれた。

球体がいきなり迫って、俺にタックルしてきた。

その勢いで俺は尻餅《しりもち》をつき、リュクスはその上にまるでコロコロするかのように乗ってきた。

「ちょ、ちょっとちょっと。どうしたのいったい？」

「感激してるんだよ、ね」

『はい』

リュクスはそう返事して、また俺の上でコロコロした。

意図を知ると、俺はまるで大型犬にじゃれつかれるような、ちょっとだけ困ったけどやめさせられない、そんな気分になったのだった。

99 話をするために

「あはは、すっごく懐かれちゃったね」

「そうだけど……懐かれた、っていっていいのかな」

オノドリムは楽しそうに言うが、俺はちょっとだけ微妙な気分になってしまう。

リュクスは夜の太陽、詳しい理屈――生態っていった方がいいのかな？　そのことは全然分からないけど、世界の昼夜を司《つかさど》っている、そんな存在だ。

正直それって神くらいか、見ようによっては神以上にすごい存在だと思う。

そんなすごい存在を捕まえて「懐かれた」って片付けるのはどうなんだろうと思ってしまう。

「どう見たって懐かれてるじゃん？」

「うーん」

「それにすごく嬉しそうだし、好きなようにさせてあげなよ」

「それはもちろんそのつもりだよ」

俺はコロコロを繰り返すリュクスに軽く手を添えて、優しく撫《な》でるようにしながら、オノドリムに答えた。

「今まで大変だったみたいだし、好きなようにさせてあげるつもりだよ」

「だったらいいじゃん」

「まあ、ね……」

俺は微苦笑しつつ、さらにリュクスを撫でた。

不意に、リュクスの動きが止まった。

俺の上を、まるで見えない壁でもあるかのようにコロコロと往復していたのが、急にテーブルから転がり落ちるボールのように、俺から離れて転がっていってしまった。

「リュクス⁉」

驚き、起き上がって名前を呼んだ。

リュクスは答えなかった。何も返事のないまま転がっていった。

ただのボールのように、転がっていって、やがて壁の手前あたりで勢いを失って、完全に止まってしまった。

俺は立ち上がって、駆け寄る。

リュクスの体に触れて、ゆすって、名前を呼ぶ。

「リュクス？　大丈夫なのリュクス」

「どうなってるの？」

「分からない——あっ」

「今度は何？」

「ここ……」

俺はリュクスの体にある「それ」に気付いた。

さっき触れた時にはなかった、転がったが故に正面に来てしまった、球体の裏側。

そこはひび割れていた。

結構大きめなヒビだった。

「何これ、今転がった時についちゃったの？」

「ううん、多分違う。ヒビの断面が古いから、人間でいうと古傷みたいなものなんだと思う」

「……そっかー」

「何か心あたりがあるの？」

「あたしと同じじゃん？　だったら——」

「あっ……まだ本調子じゃないんだ」

俺は得心した、オノドリムは小さく頷《うなず》いた。

オノドリムとリュクスはとことん同じみたいだった。

忘れ去られた存在、それが自分の生命に関わる事態にまで発展した。

当然、それは肉体（？）にも影響がでる。

リュクスの場合このヒビってわけだ。

「やっぱり無理はさせちゃいけなかったんだ」

「……そうかもね」

「リュクス？　大丈夫そう、何か返事して？」

俺は優しくリュクスの体を揺すりながら、話しかけてみた。

ヒビは「裏側」だったから、呼びかけつつ「表側」ものぞいてみたが、文字は見えず、返事はなかった。

「顔色も悪そう……」

「あっ、でも何か言いたげだよ」

「え？　あっ本当だ」

オノドリムに言われて改めてリュクスを見た。

目を凝《こ》らすと、ヒビがあるから分かりにくかったが、リュクスの体の表面が動いていて、何か文字を作りたそうな感じだ。

が、それはどうにも上手《うま》くいっていない。

やはり弱っているのか、体の変化が上手く文字になっていない。

「リュクス、僕の声が聞こえる？　聞こえるなら今は無理しないで、まずは休んで」

『……』

「お願い」

ちょっと強めに言ってみた。

すると、何か言いたげだったリュクスの動きが完全に止まった。

「聞こえてるのは聞こえてるみたいだね」

「そうみたい。うーん、やっぱり無理させてたんだ」

「そこはあんまり気に病まない方がいいと思うよ、嬉しくてしてたんだろうから」

「……そうだね」

オノドリムの言う通りだろう、と俺も思った。

長年誰にも声が届かなかった、それが意思疎通《そつう》できる相手に巡り合えたのだから、俺でも無理をして会話を頑張っただろう。

だから、それはいい、しょうがない。

そんなことよりも——。

「リュクス、大丈夫かな。オノドリムの時はどうだったの？」

「あたしはここまでひどくなかったんだよね」

「そうなの？　……って、そういえばあと五百年したらって言ってたっけ」

俺はオノドリムと出会った時のやり取りを思い出した。

彼女は確かにそう言ってた。

五百年という、人間の感覚では長すぎる時間だから、聞いた瞬間まず突っ込んでたし、その後も普通に忘れていた。

「そうなんだよね。ここまでひどくなかったから、どうだろ……参考にならないかも」

「もっと本人から話が聞ければいいんだけど、この後また『しゃべれる』ようになっても、本調子じゃないだろうから無理させてるのは変わらないよね」

「そうなっちゃうね」

「もっと負担のかからない意思疎通ができればいいんだけど……また『はい』か『いいえ』か、かな……」

部屋の空気がすっかり重苦しくなってしまった。

数分前まではリユクスがじゃれてくることもあって和《なご》やかなものだったけど、それが一変して正反対なものになってしまった。

なんとなくリユクスの体を撫で続けた。

効果があるのか分からないけど、「寂しい」から来る病だから、少しでも触れてあげた方がいいのかもしれないと思ってそうした。

そうやって撫でながら、何か方法はないかと考え続けた。

「むっ……」

「どうしたの？」

「ううん、なんでもない。メーティスの祈りが来ただけ」

オノドリムは「そっか」と小さくうなずいた。

使徒《しと》メーティス、本を読むのが大好きで、読んだ知識を一日に一度の祈りで俺に共有するのを生きがいにしている女の子。

そのメーティスから今日読んだ本の内容、知識が共有されてきた。

「それがこの子を助けてあげる知識だった——なんて都合のいい話はないわよね」

「さすがに……」

俺は苦笑いした。

オノドリム自身も言ったように、そんな都合のいい話はなかった。

メーティスから共有された今日の知識は歴史だった。

地方領主の四男坊として生まれた男が、なんやかんやで頭角を現し、属していた王国から独立して巨大な国を作ってしまった、英雄譚《えいゆうたん》のような歴史だった。

まったくもってリュクスともこの状況とも関係のない内容だった。

「……」

「どうしたの、急に考え込んじゃって」

「これで……話せるようにならないかな」

「これ?」

「使徒化《これ》」

俺はそう言い、目の前のリュクスをじっと見つめていた。

100 使徒エクリプス

「使徒にしたら話せるようになるの？」

オノドリムが小首を傾《かし》げた。

彼女は大地の精霊、土地のことはよく知っているが、そうでないことに関しては全知全能とはいかない。

神と「使徒の尊《とうと》き青い血」のことはよく知らないようだ。

「話せるってわけじゃないけど、頭の中にあることは伝わるんだ」

「頭の中にあること？」

「うん。例えばメーティスだとその日読んだ本の内容が全部僕に伝わるんだ。それでね、ただ伝えてくるだけじゃないんだ」

「何かあるの？」

「その日読んだものの中でより伝えたい知識はこれだ！　っていうのも一緒に来るんだ。僕に教えたいこととか、共有したいこととかを、って感じだね」

「ああ！　うん、人間ってそういうところあるよね。新しく知ったことを他の人に自慢したいみたいな」

「そうだね」

人間は、って言うオノドリムの言い方にちょっとクスッときた。

このあたり、彼女はやはり人ならざる者なんだ、という意識が垣間《かいまみ》見えてちょっと面白い。

「そういうのがあるから、使徒にしたら意思の疎通《そつう》もできるんじゃないかって思ったんだ」

「いいじゃない君、面白いよそれ」

一通り説明をし終えると、俺の話を理解したオノドリムはノリノリな感じで言ってきた。

面白い、って言って後押ししてくれるのはありがたい感じがした。

「でも使徒にするって……どうするの？　人間じゃない相手でも大丈夫？」

「人間じゃないってだけなら、エヴァも人間じゃないからね」

「あっ、レッドドラゴンか」

「うん」

俺ははっきりと頷《うなず》いた。

第二使徒エヴァンジェリン、卵から孵《かえ》った直後初めて見たのが俺だったから、俺のことを「パパ」とか「偉大なる父マテオ」とか、その時の姿に応じて呼び方は違うけど、父親として慕《した》ってくれている女の子だ。

その子は人間ではなく、レッドドラゴンという種族だ。

そういう前例がある以上、人間かどうかというのは問題じゃない。

「そかそか。じゃあいけそうだね」

「うん！　じゃあ準備してくるから、ここを少しの間任せてもいいかな」

「オッケー、行ってらっしゃい」

オノドリムはノリノリで頷いて、俺を送り出してくれた。

俺は水間ワープを使って、海神《わたつみ》ボディのところに行って、ボディチェンジをしてきた。

使徒にするのは神の力、海神のボディじゃないといけない。

だから体を「取りにいった」。

海神ボディになって再び戻ってくると、リュクスが既に起きていた。

「お帰り、早かったね」

「うん、海神ボディにするだけだから」

「そかそか」

「えっと……僕のこと、分かる？」

俺は改めてリュクスと向き合って聞いた。

体を変えてきたから、もしかしたら分からないかも知れない。

そうなればまずは説明から――と思ったけど。

「『はい』だって」

オノドリムが笑いながら言った。

目を覚ましたリュクスが俺の問いかけに応じて、少し体を膨《ふく》らませた『はい』という返事をした。

「よかった。えっと、じゃあ説明するね」

俺は宣言通り、リュクスに説明をした。

海神ボディの神の力を使って、使徒化に挑戦する。

使徒にすればもっと気軽に会話ができるかもしれない、と伝えた。

「もちろんいやならいいんだ。その時は別の方法を考えるから、無理しないで気持ちを聞かせて?」

『なる』

今度は『はい』『いいえ』じゃなくて、体の一部を変形させた短い文章《ことば》で返事をしてきた。

「ほんとうに?」

念押しで聞くと、今度は『はい』って答えた。

「じゃあ、試してみるね。先に言っておくけど、途中で調子が悪くなったとかあったらすぐに言って」

『だいじょうぶ』

「うん、でもちゃんと言って。方法はこれ一つってことはないし、無理はさせたくないから――わわっ！」

言い終えないうちに、リュクスが再び俺に飛びかかってきた。

俺を押し倒して、俺の上で「コロコロ」する。

本当に人なつっこい大型犬だな、と、海神ボディになった分、余裕をもってコロコロを受け止めてあげられた。

「はいはーい、その辺で。嬉しい気持ちは分かるけど、会話できるようにしてもらった後の方がちゃんと伝わるでしょ」

オノドリムが言うと、リュクスは名残《なご》惜《り》しそうにしながらも俺の上から退いてくれた。

俺は起き上がって、リュクスの「体」をポンポンと撫《な》でてやった。

「じゃあ、やろうか」

『はい』

俺は頷き、リュクスを見つめた。

見つめながら、意識を集中。そして海神の力を一点に、意識の方に集中する。

別段、何かをするわけではない。

今までの使徒たちと同じ。

神として――父として。

相手に最も相応《ふさわ》しいと思う名前を、心を込めてつけること。

「君をエクリプスって名付けよう」

「エクリプス？」

横からオノドリムが聞いてきた。

俺は頷き、名前の意味を説明する。

「エクリプスは日蝕《にっしょく》を意味する、転じて力を失ったものに使われる」

『……』

「ねえ、それって――」

唖然とする気配が伝わってくるリュクス、そして眉《まゆ》をひそめるオノドリム。

俺はさらに続けて、本当の意図を口にする。

「でも日蝕ってね、『絶対に元に戻る』ってことでもあるんだ」

『――っ‼』

「未だかつて一度も、日蝕から元に戻らなかったことはなかった。いくら弱っても絶対に元に戻る――それがエクリプスに込められたもうひとつの意味」

名前の意味を最後まで告げた瞬間、光が溢れだした。

光は夜の太陽の球体を包み込む。

光の中で、夜の太陽は形を変えていく。

「やったの？」

「うん」

俺が頷いた直後、光が収まった。

それまで完全な球体だったリュクスは姿を変えた。

球体はそのままで、ファンシーな紋様がついて、つぶらな瞳もできた。

まるで鳥のような翼も六枚ついた――が、それは体のサイズに比べて余りにも小さく可愛らしいものだった。

飛ぶための翼というよりは、全体的にぬいぐるみのような可愛らしい見た目になった。

それがリュクス改め――使徒《しと》エクリプスの新しい姿になった。

「えっと……これって」

「素敵じゃない！」

「え？」

びっくりして、オノドリムの方を向く。

彼女が本気で「素敵」だと言っているような顔をしていて。

夜の太陽を使徒化する、という大仕事をやり遂《と》げたのに。

俺はその姿にちょっと戸惑ったのだった。

101 死者が眠らない夜

「わわっ！」

エクリプスが俺に近づき、体を押しつけてきた。

デジャブだ。

エクリプスがリュクスだった時の、あの球体だったときと同じで、全身を使って体を押しつけての愛情表現。

大型犬のようなじゃれ合いをまたしてきた。

「待って待って」

『ろうしてまつのれす？』

「いいからちょっと待って——あっ、今の君が喋《しゃべ》ったの？」

『はいれす』

「そっか、喋れるようになったのか。……よかったな」

俺は少し押しのけてしまったエクリプスに手を伸ばして、撫《な》でてやった。

俺より図体《ずうたい》が大きいからポンポンと軽く叩くような撫で方になった。

『はいれす、ごしゅじんさまのおかげなのれす』

「ちなみに——オノドリム？」

「うーん、あたしには聞こえてないね」

水を向けたオノドリムは耳を突き出すような仕草をした後、首を振って答えた。

「ってことは、僕だけに聞こえてる、ってことになるのかな」

『ごしゅじんさまらけなのれす』

「そっか、ごめんね。こんなことしかできなくて」

『ぜんぜんれす、ごしゅじんさまとおはなしれきてしあわせれす』

さっきまでとはまるで違った。

体の一部をむりやり変化させる形ではなく、普通に言葉として、耳で聞き取れるような形での会話ができた。

ちょっと舌足らずな感じの喋り方だが、会話にはまったく不都合はない。

「よかったな」

『はいれす』

エクリプスが嬉しそうにしてるのを見て、俺まで嬉しくなってきた。

『ごしゅじんさま』

『うん？　なんだい』

『おんがえし、させてほしいれす』

またそれかと、俺は微苦笑した。

恩返しなんてしてもらわなくてもいいんだけど、さっきよりもちゃんとした、その上で楽に会話ができるようになったのもあって、エクリプスがよりいっそう恩返ししたくなったというのは分かる。

　それは分かるんだが。

「恩返しなんて難しく考えなくていいんだよ？」

『おんがえししたいれす』

「うーん」

「ねえ、あんたの言葉は聞こえてないけど、あたしの言葉は聞こえてるよね」

『はいれす？』

「聞こえてるみたいだ」

「じゃあ一方的に喋るから聞いてて。あたしもね、彼に恩返ししようとしてたの。彼が喜ぶタイプの恩返しを教えてあげる」

「オノドリム⁉」

『おしえてなのれす！』

エクリプスはオノドリムに詰め寄った。

言葉は伝わっていないようだが、この行動が百の言葉よりも雄弁となっている。

「あたしは埋蔵金の場所を教えてあげたの。あたしは大地の精霊、大地に埋まってるものは全部分かる。それを彼に教えても、あたしには何も損はない」

「そうだったね」

埋蔵金のことは確かにそうだった。

埋められたあと、人々に忘れ去られた埋蔵金。

たしかにあれは、オノドリムをはじめ、まわりの人の「溺愛《できあい》」の中で一番受け入れやすいものだった。

「あんた、夜の太陽だったんでしょ。あんたが知ってることで、あるいは持ってる力で。彼に教えるとか分けてあげるとか、そういうのをしても自分がまったく損しないものってある？　あったらそういうのが彼は喜ぶから」

俺は微苦笑したまま、黙り込んでしまった。

ここで俺が「そうだ」っていうのもなんか違うような気がした。

同時に、そういう話になるのなら、穏便に話が済むとも思った。

リュクスが恩返しを言い出した時は、自分の体を切り取って黄金にした。

ああいう、自分の体を切り取っての恩返しはいやだった。

オノドリムの説得がもし上手《うま》くいって、エクリプスが損をしないやり方があるんならそれでいいと思う。

だから口を挟まないで、少しだけ傍観《ぼうかん》することにした。

「どう？　心あたりはある？」

『……うまってるものれいいの？』

「埋まってるもの？　土の中にってこと？」

『はいれす』

「それは……いいんじゃ……ない、かな？」

よく分からないから、曖昧《あいまい》な返事になった。

大地の精霊オノドリムなら「埋まってるもの」は大地と関連があるから分かるが、夜の太陽エクリプスで「埋まってるもの」はどういうことなんだろうと思った。

『わかったれす。………………こっちなのれす』

エクリプスはそう言って、部屋から飛び出した。

あまりにも目的に夢中になりすぎたせいか、ドアはおろか窓すら使うことなく、壁を体当たりで突き破って外に飛び出した。

「あはは、心あたりがあるみたいだね」

「そうらしいね」

オノドリムには言葉は伝わっていないが、やはり行動でほぼ全て伝わったようだ。
まあ、今の流れは俺でも分かる。
俺とオノドリムは追いかけて、外に飛び出した。
顔に翼が生えた見た目のエクリプスは、その翼をはためかせて空を飛んでいた。
海神《わたつみ》ボディになった俺と精霊オノドリムは、同じように飛んで後を追いかけた。
夜の空を飛んで、しばし、郊外にある開けた場所にやってきた。
エクリプスが先に着地する。
俺とオノドリムは少し遅れてその近くに着地した。
「ここは……墓地？」
『たくさんあるれす』
「たくさんって……まさか」
一瞬、いやな想像が頭をよぎった。
なぜ一瞬なのかというと、すぐに想像どおりの現実が目の前に出現したからだ。
エクリプスが体を震わせ、翼をはためかせた直後。
墓地中から次々と這《は》い出てきた。
死体が――遺体が這い出てきた。
半数以上が土に還《かえ》りかけてて、人間の原形を留めてないのもあった。

『これをごしゅじんさまにおんがえしれす』

「え、えっと？　ごめん、もっと分かりやすく説明して」

「あー、たぶんあれだね」

「知ってるのかオノドリム」

「ほら、夜って死者たちの時間だから」

「あっ……」

言われて、はっとした。

爺《じい》さんから大量に集めてもらった本の中にちょこちょこそういうのが出てくる。

死者たち——死霊やゾンビたちが動き出すのは夜だという話だ。

そして、エクリプスは「夜の太陽」。

死者を操る能力があったということだ。

『ごしゅじんさま、きにいったれす？』

「えっと……うん、すごく気に入った」

『ほんとうれすか!?』

「ああ。まずは詳しいことを知りたいな。ゆっくり話したいから、みんなはいったん元に戻してあげて？」

『はいれす！』

エクリプスは嬉しそうに応じた。

再び体を震わせて、何かアクションを取るや否《いな》や、死者たち——ゾンビたちが土の中に戻っていった。

俺はほっとした。

さすがにこんなに大量のゾンビは見てて、ちょっとだけ怖かった。

「よかったねマテオ」

「へ？　何が？」

「この力で世界征服も楽々よ」

「……なんで？」

「あたし大地の精霊だから分かるんだけど——や、あたしじゃなくても分かるんだけど」

「？」

「世界中の死体って、世界中の生き物より数多いじゃん。兵力的な意味ですごい力だよこれ」

「……ああ、うんそうだね」

俺は少し困って、曖昧に頷《うなず》いた。

それは確かにオノドリムじゃなくても分かる。

分かるけど……エクリプスが損しない能力なのも分かるけど。

すごい力でオノドリムの言うとおりその気になれば世界征服とか楽勝かもしれないけど、ちよっとだけ困ってしまうのだった。

102 二人の握手会

街から離れた郊外。

宵闇《よいやみ》の中、俺はエクリプスと二人っきりでいた。

オノドリムは何やら気を遣ってくれたらしく、ついてこないで俺とエクリプスを二人っきりにした。

というか、エクリプスに俺と二人っきりの時間を作ってくれた、が正解なのかな。

「長い間寂しかった」が共通点なオノドリムとエクリプス。共感するところがあってそうしたんだろうなと思った。

『ごしゅじんさま、ろうしたのれす？』

「ああいや、なんでもない。えっと……ここでいいのかな」

『はいれす、たくさんいるれす』

「うん、たしか何年か前に大きな合戦があったところだね」

俺はまわりを見回した。

まるで新月のような真っ暗な中にいてもよく分かる、だだっぴろい原っぱだった。

昼間であれば地平線が霞んで見えるような、とにかく開けた空間だった。

エクリプスの指示に従って、ここにやってきた。

俺は視線を下に向け、地面を見つめた。

「……やっぱりたくさん?」

『すごくたくさんなのれす』

「まあ、合戦があったわけだしね」

俺は納得して、頷いた。

納得はしたが、心境は複雑なままだ。

たくさんある、というのは遺体のことだ。

やはりというかなんというか、エクリプスは自分の力が俺の役に立てることを嬉しがった。

夜の太陽、闇の力。

死者を操り動かす力。

「ネクロマンサー……っていうのかな、これって」

『ちょっとちがうれす』

「何がちがうの?」

『にんげんのネクロマンサーはからららにむりやりたましいをいれてうごかすのれす』

「ふむ」

『エクリプスのちからはからをうごかすらけなのれす、たましいはいらないのれす』

「あ、そうなんだ」

俺は「へえ」と思った。

同時に、少しだけ気分が楽になった。

いや――大分、かな。

なんとなくだけど、俺は「死者を冒瀆《ぼうとく》している」的な気分になっていたのだ。

遺体を操り、動かすとなるとどうしてもそういう考え方が頭をもたげてくる。

だけどエクリプスの説明が本当なら、遺体は遺体、魂は魂。遺体を操ることは魂を無理《むり》強《じ》いし冒瀆することにはならない。

だから気が楽になった。

もともと人間としてそういう考え方もあったけど、たぶん、マテオとして転生し前世の記憶を持ったままという状況が、「魂」というものの存在を常日頃から意識していることもあって。

だから、魂に無理強いしないというのを知って、かなり気が楽になった。

そうなると、むしろ興味を持ち始めた。

この力でどこまでできるのだろうか、と。

「じゃあやってみるね」

『はいなのれす！』

俺は海神《わたつみ》ボディが持つ力で、エクリプスから授かった技を行使した。

すると、瞬く間に。

畑の萌芽《ほうが》の如く、次々と地中からガイコツが出てきた。

大半は白骨化した腕をまず突き出してから、土を「ぶち破って」出てくるのだが、少ないけど中には足からとか、頭からとかのパターンもあった。

そうして「にょきにょき」が続いた結果、三分と経たないうちにガイコツが数百、地中から現れたのだ。

「これはまた……すごいね」

『ごしゅじんさますごいれす、たくさんよびらしたれす』

「細かい操縦はできそうかな、と」

俺は意識をそっちに集中させた。

なんとなく、赤ん坊に転生した直後のような感覚だった。

体の動かし方は分かるのに、いまいち思い通りに動かない。

そんな不思議な感覚だった。

それでもやっていくうちにコツが摑《つか》めてきた。

コツを摑んで、ガイコツの一体を操縦して、エクリプスの前まで歩いてこさせた。

「エクリプス――えっと、その翼、手みたいにできる？」

『ろういうことなのれす？』

「こんな感じ」

俺はそう言い、握手をするような仕草で自分の手を突き出した。

『こうれすか？』

エクリプスは、可愛らしい翼をパタパタさせた。

『ごしゅじんさま？　なにをしてるれすか？』

「握手」

『あくしゅ？』

「そう」

俺はまず頷《うなず》いた。

頷き、さらに操縦する。

握手したガイコツの手を離し、下がらせる。

そして別のガイコツを操縦して、またエクリプスの前に来させて、翼を握って「握手」した。

『ろういうことれす？』

「握手……会？　かな、そんな言葉ないけど」

俺は少し考えて、この状況に一番ぴったりそうな言葉を作った。

次々とガイコツを操縦して、代わる代わるエクリプスと握手をさせた。

『ごしゅじんさま……?』

「ごめんね、自己満足なんだ」

『じこまんぞく?』

「そう、エクリプスがこうやって人気者で、ちやほやされてる姿。なんかそういう光景が見たくなったんだ」

『ごしゅじんさま!』

エクリプスはガイコツを体当たりで突き飛ばして、俺にもタックルしてきた。

そのまま俺を押し倒して、俺の上でゴロゴロする。

巨体が俺に甘えてきた。

『ごしゅじんさま、ごしゅじんさま!　ごしゅじんさま‼』

まさしく感極まった、という感じで俺にじゃれつくエクリプス。

よかったと思った。

長い間寂しがってた子だ、少しでも喜ばせたい。

そう思ってやってたから、上手《うま》くいってよかった。

しばらくじゃれ合ってから、エクリプスは何やら「はっとした」ような感じになって、俺の上から退いた。

そのまま俺の横に並んできた。

『ごしゅじんさま、するれす』

「ああ」

俺は起き上がった。頷き、またガイコツを操縦して握手を再開した。

『ごしゅじんさまもするれす』

「俺も？　こういうこと？」

首を傾《かし》げつつ、別のガイコツを操縦して、自分と握手させた。

ガイコツを操縦するだけじゃなくて、自分と握手までさせるという、ものすごく不思議な感覚になった。

ガイコツだから文字通り「骨張った」手なのがまた不思議さに拍車をかけた。

『はいれす、いっしょにするれす』

「そうか」

俺は頷き、そうすることにした。

それでエクリプスが嬉しくなってくれるのなら、ちょっと操縦の手間が増えるだけで、やらない理由はない。

俺とエクリプス、二人の握手会が繰り広げられた。

次々とやってきては、握手をして離れていくガイコツ。

エクリプスは高いテンションを維持し続けたので、俺もそれに付き合ってやった。

最終的に「何周」することになるのかな、と、そんなことを思っていると。

むにゅ——って感触がした。

握手した手が「骨張った」手じゃなかった。

どういうことだ？　と、流れ作業になりつつあって見ていなかった握手の相手を見た。

すると、そこにいたのはガイコツじゃなかった。

執事服を着た、宵闇《よいやみ》の中でも際立《きわだ》って見える漆黒《しっこく》の髪をした青年だった。

それだけじゃなく、目の白目と黒目の部分も「逆転」している。

「お初にお目にかかります」

「……君は？」

「私の名はノワール・マヴロ」

青年はにこり、と微笑《ほほえ》んで。

「あなた方が悪魔と呼んでいる存在ですよ」

103 冒瀆にならないたった一つの存在

「悪魔……？」

俺は首を傾げた。

初めて聞く言葉で、ちょっとだけ困惑した。

そんな俺の反応を見て、ノワールは微《かす》かに目を見開き、逆転した黒目の部分を大きくしながら驚いた。

「おや、ご存じないのですか？」

「うん……その、悪魔って、何？」

「そうですね、一言で申し上げますと」

ノワールはそこでいったん言葉を切った。

瞬間、背筋がぞわわわ――と、虫が這《は》いずり回るような悪寒《おかん》に支配された。

「人間の魂を狩猟対象にしている種族、ですよ」

「――っ！」

俺はパッとノワールの手を振りほどいて。

今まで握手したままの手を振りほどいて、エクリプスを背中で押しながら一緒に飛びのいた。

「おや、反応が素早いですね」

ノワールは驚いた顔を感心したような顔に変えて、言った。

俺が振りほどき、向こうが突き出したままの手から、黒いもやのようなものがにじみでていた。

それはゆっくりと拡大して、近くにあったガイコツの一体に触れた。

触れた瞬間、ガイコツが「消えた」。

砂場に描いた絵が、そこだけ綺麗《きれい》にならされたかのように消えた。

残った部分が人の形を維持できなくなって、パラパラと崩れ落ちた。

「いきなり何をするの⁉」

「これは失礼。昔から口と手が同時に出てしまう性分でして。どうかご容赦《ようしゃ》を」

「どうしてこんなことをするの⁉」

「おや、これは不思議なことをおっしゃるのですね」

「え？」

「死者を玩《もてあそ》ぶような行為に怒りを覚えることはそんなに不思議ですか」

「うっ……」

俺は言葉に詰まった。

もちろんそういうつもりじゃないし、これからもそんなことはしない。

だけど、合戦跡までやってきて、地中に埋まっているガイコツ《遺体》を呼び出して操ることを「死者を玩ぶ行為」って言われると返す言葉はない。

「違うんだ、これは――」

「素直ですね」

「え？」

瞬間、正面にいるノワールの姿が消えた。

ふっ、と消えて見失った直後、背後から声が聞こえてきた。

「人間の美徳ですね、好ましく思いますよ」

ノワールの優しげで、丁寧《ていねい》な言葉遣い。

しかしそれはさっきと同じように、背筋に悪寒を走らせる恐ろしい響きの言葉だった。

パッと振り向いた。

ぐるっと回る視界の隅っこで、ノワールの手がこっちに向かって突き出されているのが見えた。

その手はさっきと同じように黒いもやを纏《まと》っていた。

「――っ！」

息を呑《の》んで――歯を食いしばって。

さらに払うように手を振り抜いた。

振り抜いた手とともに水柱が上がって、ノワールの手を弾いた。

水柱はさっきのガイコツと同じようにもやに「消された」が、水だからほとんど影響はなかった。

返す刀でさらに手を振って、水の固まりを飛ばした。

ノワールはひょいひょいと水の固まりを避けて、俺から距離を取った。

「じつはこれ、私の弱点なのですよ」

「え？」

「どうにも殺気を抑えられなくてですね、いえ、これは本当に困っています」

一旦言葉を切って、「なぜなら」とまた「黒目」を大きくしながら、言った。

「それで中途半端に苦しませてしまうことが多くて、その度《たび》に悪いと思ってしまうのです」

慇懃無礼《いんぎんぶれい》、という言葉が脳裏《のうり》に浮かんできた。

「本当の目的は何？」

「はい？」

「死者を玩ぶ行為に怒りを覚える……あなたみたいなタイプが本気でそう思うとは思えない。

本当の目的は何？」

「おやおや」

ノワールは笑顔のままため息をつき、両の手の平を上向きにして、肩をすくめた。

「本当に、怒りを覚えているのですよ」

「……」

俺は返事しなかった。

やっぱり嘘っぽいなと感じたからだ。

「本当ですよ。だって――」

ノワールはにやり、と笑った。

「黒目」の部分がより一層黒く――全ての光を吸い込むくらいの漆黒になった。

「――死者の魂を集めるのに邪魔なのですから」

なるほど、と思った。

具体的なことは何も分からないけど、なるほどこれは本音なんだなと直感で悟った。

だから俺は、字義から拾える表面的な意味でまず言い返してみた。

「そっちの方が死者を冒瀆《ぼうとく》してるように見えるよね」

「おや？　そういえばそうですね。ですが問題はないでしょう」

「どういうこと？」

「自分のことを棚上《たなあ》げにするのは、あなたたち人間もよくなさっていることではありませんか」

まったく悪びれないように話すノワールに、俺はまたゾクッとした。

攻撃された時にぶつけられた殺気とはまた違う種類の悪寒が、背筋を駆け上っていった。

「つまり、僕が邪魔だから消すってこと？」

「ええ、いなくなってもらった方がわたし的に助かりますね」

「じゃあ敵ってことなんだね」

「そうなりますね」

「分かった——エヴァ、お願い」

俺が名前を呼んだ瞬間、上空からものすごい勢いで「落ちて」きた。

まるで隕石が落ちてきたかの如く、巨大な何かが落ちてきた。

それはエヴァだった。

レッドドラゴンにして、俺の第二使徒《しと》エヴァンジェリンだった。

「パパの敵！」

エヴァは前脚を突き出した。

ノワールが飛び退けると、エヴァの前脚は地面につっこみ、地震のような揺れを起こした。

「逃がさないよ！」

そのまま口を開いて、炎を吐いた。

離れたところにいても肌が焼けるほどの熱が伝わってくる、灼熱《しゃくねつ》の炎。

それを飛びのいて空中にいるノワールに向かって吐いた。

炎がノワールを包み込んだ。

「このままいなくなっちゃえ！」

エヴァはさらに火力をあげるかのように激しく炎を吐いた。

森が一つ丸焼けにできるほどの高火力がノワールを呑《の》み込んだ。

が。

炎が晴れる。

現れたノワールは無傷だった。

「これは驚きですね。まさかレッドドラゴンを飼っていただなんて」

「効いてない⁉」

「ですがまだまだ子供のようで。私の前に立つのは百年早いですよ」

ノワールはそう言い、人差し指を突き出した。

指先から豆粒大の黒い玉を放った。

宵闇《よいやみ》の中でなおはっきりと見える、豆粒大の黒い玉。

夜であってもさらに「闇」を強く主張するほどの漆黒《しっこく》だ。

「こんなもの！」

「いけない！　エヴァ避けて！」

「え？」

経験不足だからか、エヴァはきょとんとなって、動きを完全に止めた。

俺はとっさに真横からの水柱を放った。

水柱がエヴァを包み込んだ瞬間——ワープ。

水柱を当てたエヴァを十メートルくらい先に飛ばした。

エヴァがいなくなった空間を、黒い玉が通り過ぎていく。

その黒い玉はそのまま進み、角度から地面に落ちていった。

そして地面をえぐった。

豆粒大の黒い玉が、巨大な池になるほどの穴を地面にえぐって作り出した。

「な、何それ」

「反応が素早いですね」

「あなたは本当に殺気を隠すのが苦手なんだね」

「あはは、私の殺気で危険の度合いを悟りましたか。ええ、そうなんですよ、本当に殺気を隠すのが苦手なんです」

ノワールは軽い調子、しかし本当に困っているような、そんな調子で言った。

たぶん、それは本当のことなんだろうな、とここにきて思った。

「僕を殺さないで引き下がることはできないの？」

「よほどのことがない限りは」

「じゃあ倒して帰ってもらうしかないね」

「できるのですか？」

「分からないけど、やらないとね。僕だって死にたくないから」

「それもそうですね」

「それと、ありがとう」

「おや？　何かお礼を言われるようなことはありましたか？」

「死者への冒瀆《ぼうとく》という話を聞いて、唯一、死者への冒瀆じゃない形を思いついたんだ」

「へえ、それは面白い。是非《ぜひ》聞かせて下さい」

俺は手をかざした。

水間ワープを使って、俺の体を呼び寄せた。

海底に残してきた俺の――マテオの体だ。

まるで眠っているようなマテオの体、それはゆっくりと目を開いて、動き出した。

「これ、『僕の死体』みたいなものなんだ」

俺が言うと、ノワールは現れてから初めて、「どういう意味だ？」と、ちょっとだけ困惑したような顔をした。

マテオのボディ、海神《わたつみ》ボディ。

これの乗り換えに使っているのは「レイズデッド」という蘇生《そせい》魔法。

だからある意味、死んだり生き返ったりを繰り返しているみたいなもので、今のマテオボディは「俺の死体」なんだ。

「自分の死体なら死者への冒瀆ではないでしょう」

そう言って、海神とマテオが同時に手をかざして、ノワールに水弾を放った。

104 水と影

「……ふむ」

水弾が目の前に迫ったノワールは平然としたまま姿を消した。

消えたように見えたそれは、直前に溶けるようにして、自分の足元にある影の中に吸い込まれていった。

影は本来本体がなければ存在しえないが、影だけで動いた。

その場からすっ——と大きく移動して、水弾が本体にも影にも当たらず、地面に突撃してはじけ飛んだ。

「だったら影だけでも!」

海神ボディが手をかざして、さらに連続した水弾を打ち込んだ。影はすばしっこく地面を這《は》うように移動して、次々と水弾をかわした。

「——だったら」

三度海神ボディが水弾を放つ、ノワールの影がそれをよける。

避けられる前提で、マテオボディを先回りさせていた。

「オーバードライブ！」

マテオボディが剣を抜き放ち、力を込めた。

瞬間、魔力光を反射した刀身が溶けてなくなり、形のない刃へと変わる。

オーバードライブした無形剣《むけいけん》を振り下ろし、牧羊犬の如く追い込んだ影を斬りつけた。

無形剣は地面を這う影を斬った。

手応えが――あった。

地面の手応えじゃなくて、生物の柔らかい肉を裂いた時の手応えだった。

「浅い！」

影がスルッと抜け出し、俺は悔《くや》しさに叫んだ。

その間大きく距離をとった影、海神ボディからもマテオボディからも大きく距離をとってから、ノワールは這い出るようにして影から姿を見せた。

執事のような服の、脇腹あたりが斬り裂かれている。

そこからは鮮血ではなく、黒いもやのようなものがにじみ出ていた。

「やりますね、少し見くびっていました」

「じゃあもう、このまま帰ってくれる？」

「いえいえ、もう少しお付き合い下さい」

相変わらず穏やかな声色と、底冷えする冷たく禍々《まがまが》しい瞳がちぐはぐだった。

ノワールは腰を折って、恭《うやうや》しく一礼した。

急に何を——と思った瞬間。

腰を折って一礼したノワールの足が、半分溶けていることに気付いた。

溶けている部分が影の中に入って——次の瞬間！

海神ボディの背後から蹴《け》られたような衝撃が全身に走った。

背中をしたたかに蹴りつけられて、つんのめって倒れそうになった。

とっさに一歩踏み出し、とどまる。

「まだまだ——おや？」

ノワールの顔がまた驚きの色に染まった。

海神ボディが蹴られた瞬間、マテオボディが水間ワープで背後に飛んだ。

ワープで飛んで、海神とマテオが背中合わせの格好になった。

そうしたマテオボディの視界に飛び込んできたのは、もやのような黒い小さな雲のようなものから、ノワールの足が飛び出している光景だった。

海神ボディが見えているのは立っているノワールで、片足がなくてもやになって足元の影に繋《つな》がっている。

理屈は分からないけど、現象は見てすぐに理解できた。

だから俺は突進した。

海神ボディとマテオボディが背中合わせの格好のまま、ノワールに向かって突進していった。

「あれなら——距離は意味がない」

「これはこれは。反応が素早くて素晴らしいですね」

「はあああ！」

正面を向く海神ボディが手を振った。

突進の勢いのまま、さらに水弾を放って、攻防一体の突進をした。

それを、ノワールは地面を蹴って、大きく後ろに跳躍する形で避けた。

「何度放たれようと、それは当たりませんよ」

「それ同じ——距離は意味がないよ！」

ノワールが飛んだ瞬間、マテオボディが剣を振った。

無形剣を振りつつ、切っ先だけ水間ワープで飛ばす。

飛ばした無形の刃が、距離を無視してノワールの右腕を斬り飛ばした。

「なんと！」

驚愕《きようがく》するノワール。

空中にいたまま、後ろに下がった勢いの中で驚愕した。

一秒ほどで着地して、数秒遅れて放物線を描いた腕が地面に落ちた。

「やりますね、ここまでとは思ってなかった」

「まだまだ余裕なの？」

「ええ、致命傷には程遠いですし、何より――」

ノワールはそう言って、今度は自分の左腕だけをワープさせた。

攻撃してくる⁉　と思ってとっさに身構えたがそうではなかった。

ノワールは腕だけワープさせて、ガイコツの一体から右手をもぎ取った。

部分ワープを使って「取り寄せた」骨だけの右手を、自分の斬られた右手の断面にくっつける。

次の瞬間、ノワールが度々《たびたび》見せていた黒いもやがガイコツの手を包み込んだ。

それはたちまち実体となり、ガイコツの手がノワールの手になった。

斬られる前とまったく変わらない、服装――袖《そで》まで再生した。

ガイコツの骨を取り込んで再生したのだ！

「こうやって回復できるのですよ」

「……そっちの方が死者を玩《もてあそ》んでいない？」

「おや、これは心外。これは治療、広義的な生存のための行動なのです。死者への冒瀆《ぼうとく》と言われるのはまったくの心外ですね」

「むっ……」

それはそうかもしれないと思った。

大けがの治療のために使う――というのは玩ぶとは言えないと思ってしまった。

「ただ」

「え？」

ただ何？　と思っていると、ノワールは何を思ったのか、自分の左手を引きちぎった。

引きちぎった瞬間、黒目しかない目が細められ、恍惚《こうこつ》の表情を浮かべだした。

その表情のまま今度は右手で別の骸骨の骨を取り寄せて、ちぎった手の代わりにしてまた復元させた。

「大きな損傷からの修復に、えもいわれぬ快楽があるのは否定しませんよ」

「それこそ死者を冒瀆してるよね」

「いえいえ、これはあくまでついでに過ぎません」

「……」

ちょっと気分が悪くなった。

慇懃無礼《いんぎんぶれい》な男だと思っていたが、それを上回る不愉快な感じを見せつけられた格好だ。

その不快感の元凶のこの男をどうしようか――と、思っていると。

「とはいえ、今夜はここまでに致しましょう」

「……」

「どうやら考えなしでどうにかできる相手ではなさそうですので、今夜はひとまず退散します」

「……まっ――」

一瞬の迷い。

放置すると今後またちょっかいを出されそうなのは分かったけど、ノワールには恨みはないし、関わりがそもそもない。

それで一瞬どうするかと悩んでいる間に、ノワールは体ごと影に溶け込んで、その影も消えてしまう。

場がシーンと静まりかえる。

しばらく警戒したが、何も起きなかった。

とりあえずは追い払ったけど――。

「一体、なんだったんだ……？」

と、疑問だけが残った。

105 不死の夜

ノワールが去っていった後、エヴァはしゅるるる——と、レッドドラゴンから人間の女の子の姿に戻って、俺の前にやってきた。

シュン、とうなだれていて、ばつが悪そうにもじもじしている。

「どうしたのエヴァ？」

「ごめんなさいパパ……あいつ、やっつけられなかった」

「それは気にしなくていいんだよエヴァ」

「でも——」

「それよりもエヴァ、どこかケガしてない？　大丈夫？」

俺が逆に、という感じで聞き返すと、エヴァは一瞬だけ虚を衝《つ》かれたかのようにきょとんとした。

「う、うん。大丈夫、ちょっとかすり傷を負ったけど、寝て起きたら治る程度だから」

「そっか、それなら良かった」

「本当にごめんパパ。でもっ！　次は大丈夫‼」

　エヴァはぱっ！　って感じでうつむきかけた顔を上げて、俺に迫ってくるほどの勢いで次は大丈夫だと主張した。

「絶対やっつけるから。頑張ってやっつけるから」

「うん。でも無理はしないで」

「大丈夫‼」

　エヴァはそう主張した。

　かなりの意気込みで、それだけノワールにいいようにあしらわれたことでリベンジに燃えているようだ。

　その意気込みがかえって不安でもあったけど、このテンションだ。言葉で言ってすんなり聞き入れられるとは思えない。

　日を改めてやんわりと説得した方がいいと思った。

　そう思って「無理しないで頑張って」とだけ言って、エクリプスの方を向いた。

　エクリプスの方はエヴァとちがって、いまいちどういう感情なのか読めない。

「エクリプスは大丈夫？」

『だいじょうぶ』

「そっか」

俺は頷《うなず》いた。

エヴァとは違って、エクリプスのそれは実にあっさりとしたものだった。

もとよりエクリプスはノワールと直接事を構えていないから、そんなもんだろうなと思う。

エクリプスもそれでいったん横に置いて、俺は真横に立っているマテオボディの方を向いた。

なんというか、めちゃくちゃ不思議な感覚だった。

初めて海神《わたつみ》ボディに乗り移った時も、マテオボディを見て不思議な感覚だったけど、今はあの時以上だ。

あの時はマテオボディが言葉通り「魂の抜けた体」で、目も閉じていて寝てるか死んでるかみたいな感じだった。

だからまだよかった。

でも今は、マテオボディは立って、目も開いてこっちを見ている。

それを俺が操縦しているけど、めちゃくちゃ不思議な気分だった。

「パパ？」

「ああいや、不思議な感じだなって。自分の体が目の前で動いているのって」

「そっか、うん、そうかも」

「とりあえずそれはいいや。夜も遅いし、マテオの方の体に戻って、海神ボディは海の方に返しとこう」

「お手伝いいる？」

「大丈夫、ちゃちゃっとやっちゃうから」

俺はそう言い、いつもの流れで海神ボディからマテオボディに乗り移った。

渾身《こんしん》の魔力で魔法を使って、それで起きた現象に乗っかって魂を移した。

マテオのボディに乗り移って、目を開けた瞬間だった。

「エクリプス！」

エクリプスの体《顔》が大きく欠けた。

つぶらな目の片方にビシッ！　と深い傷が入った。

またノワールか⁉　と思ったけどそうではなかった。

「パパ！　これって⁉」

「ああっ。エクリプス！　それはやめて！」

目の前の光景を見て、俺とエヴァは一瞬で理解した。攻撃されたのではなく、エクリプスが自分から何かをしているんだって。

なぜなら、エクリプスの目に裂け目が入った瞬間、そこから高濃度の力が流れ出して、海神ボディに吸い込まれていったからだ。

それからさらに一呼吸の後――。

「えっ⁉」

目の前の光景が一瞬にして変わった。

それまで海神ボディが見えていたのが、マテオボディが見える光景になった。

自分の手を見ると、海神ボディに戻っていた。

「これって――エクリプス⁉」

『ごしゅじんさま、だいじょうぶ？』

「エクリプスがやったのか、これ」

『そう。ごしゅじんさまはしなない、まもるから』

「どういうことなのパパ？」

横からエヴァが困惑顔で聞いてきた。

俺は情報を頭の中で一度まとめてから、改めてエクリプスに聞いた。

「エクリプスって、もしかして死んだ人を生き返らせることができるの？」

『できる、しんですぐなら』

「そっか……ぼくが死んだって思っちゃったの？」

『ごしゅじんさま、たましいがぬけてた』

「そっか…………そういうことだったんだ」

「えっと……ぱぱ？」

「説明するとね、ほら、ボディの乗り換えって、レイズデッドをかけた副作用みたいなのを利用したじゃない」

「あ、うん。そうだったね」

「それって、たぶんエクリプスには僕が死んでしまったように見えたんだよ」

「あ、だから今のやりとり……」

「そういうことだね」

俺は眉《まゆ》をぎゅっと寄せて、苦笑いをした。

死者を操る能力と、死んで間もない状態なら蘇生《そせい》できる能力。

エクリプスの能力はまったく矛盾《むじゅん》のない、同じようなものだった。

だからすぐに納得できたんだけど——これ以上やらせるわけにはいかなかった。

エクリプスの目の裂けた部分をのぞきこんだ。

それは欠損でいえば、さっきの黄金に変換した時の倍くらいの欠損だった。

つまり、さっきの倍は身を削《けず》っている。

それが見えてしまった以上、やらせるわけにはいかなかった。

「ありがとうエクリプス。でも違うんだ」

俺はそう言って、エクリプスに海神ボディとマテオボディ、その関係性と現象を説明した。

ボディの乗り換えにレイズデッドを使い、死亡したように見えるけど実際は死んでない。

だからここは蘇生はしなくていい、と言った。

『わかった。たましいのいどうはなにもしない』

「うん、できればどんな状況だろうとやめてね」

『それはやだ』

「やだって……」

『ごしゅじんさましぬ、またひとり』

「あっ……」

『よるはしなない、まもるから』

「……うん」

俺は困ってしまって、頷くしかできなかった。

エクリプスはただ身を削ってるだけじゃない、切実なんだ。

俺がいなくなればまた一人ぼっちに戻ってしまう。だから身を削ろうが守らなきゃいけない。

ただの自己犠牲《ぎせい》じゃなく、切実な理由からの行動だった。

それが分かってしまうと、止めるわけにはいかなかった。

「うん、分かった。でもできるだけ無理はしないでね」

『わかった』

エクリプスはそう返事してくれたが、何かあった時は絶対に身を削って俺を蘇生させようとするだろうと思った。

エクリプス、夜の太陽。

その関係で夜は死なないというすごい状況になったけど、手放しには喜べないという複雑な心境になってしまうのだった。

☆

夜が明けて、俺はまどろみの中、目を覚ます。

マテオボディで屋敷のベッドの上。

人間としての感覚、慣れた感覚がそうだと告げていた。

人間ボディだからまだちょっと眠いけど、二度寝する前に起きようと思った。

今日はイシュタルのところに行かなきゃならない。

夜の太陽の一件はとりあえず解決したと、イシュタル――皇帝のところに報告しに行かなきゃだからだ。

だから起きた。

目がまだしょぼしょぼするので、いつも通り俺の寝起きを察したメイドたちが身支度《みじたく》のためにやってくるのを待った。

しばらくして気配が伝わってきた。

そういえばドアって開いたっけ？　と、まだ半分ぼうっとしながらそんなことを考えていると、何かが差し出された。

「どうぞ、お使いください」

「ありがとう――ってえええええ!?」

差し出されたのはタオル、ほどよく搾《しぼ》られた濡れタオル。

それを受け取って顔を拭こうとしたが――気付いた。

「の、ノワール!?　なんでここに!?」

そこにいたのはノワール。

昨夜と同じで、執事の格好をしたノワールだった。

106 執事の真意

「おはようございますマテオ様。本日はこの後、ヘカテー様がお見えになるとのご連絡を承《うけたまわ》っておりますす。朝食後くらいのご到着とのことでございます」

「いや、それよりも――」

「まずは身支度のお手伝いをさせて頂きます。朝食のご用意もできておりますが、食堂でお召し上がりになるか、ここまでお持ちするかをお選びください」

「――なんで君が、って話を聞いていい？」

「では失礼致します」

ノワールは恭《うやうや》しく一礼して、俺の身支度を手伝った。

爺《じい》さんに拾われて貴族の一員になった俺は、それに恥じない身なりをしなければならないということで、毎朝使用人たちに身支度を手伝ってもらっている。

正直それがないと、自分で身支度をするといろいろと抜けてしまう。

特にこのマテオに転生する前は、顔を洗うのが苦手だった。

どうやっても髪と服を濡らしてしまうから、世間のみんなは一体どうやって顔を洗っているのかを不思議に思ったくらいだ。

だからマテオになって、朝やってもらうようになってそこはものすごく助かった。

そしてノワール（？）の手伝いは今までのどの使用人よりも上手《うま》かった。

髪の梳《す》き方も顔の洗い方も服の着せ替え方も。

何から何まで使用人たちよりも上手い上に、一人で全部やってしまっていた。

彼一人がいればメイドたちを全員首にしても屋敷が回るんじゃゃ――そう思うくらいすごかった。

俺の疑問が完全にスルーされる中、あっという間に身支度が整った。

自分から見ても普段よりきっちり仕上がっているように見えた。

「いやそうじゃなくて――」

身支度なんてどうでもいい、今はノワールのこと。

そう思って聞こうとした瞬間だった。

まるでタイミングを見計らっていたかのように、ドアがノックされた。

「入りなさい」

「失礼します」

ノワールが応じて、一人のメイドが入ってきた。

昔から屋敷にいるメイド、ローラだ。

「お食事の用意が整いました」

「ご苦労様。マテオ様、いかがなさいますか？」

「ちょ、ちょっとちょっと。ローラさん」

「はい、なんでしょう」

「この人？　なんでここにいるの？」

俺はノワールのことをローラに聞いた。

昨夜初めてあった相手、しかも殺し合いのような戦いをした相手だ。

そもそもが昨日まで屋敷にはいなかった男だから、そのことをローラに聞いた。

が、聞かれたローラはきょとんとした顔で俺とノワール（?）を交互に見比べた。

「えっと、どうして……というのは？」

「ええっ!?　だって、えっと……」

「マテオ様のお世話はずっとノワール様のお仕事でしたけど……」

「え?」

今度は俺がきょとんとするハメになった。

どうやら彼はノワールで間違いないようだ。

だけど、ずっとこの屋敷で働いているメイドのローラは、彼がずっと俺のお世話をしてきたと言っている。

それはない。

昨夜会ったのが初めてなのは間違いない。

なのにそんな風に言われて、きょとんとした。

そんな俺の反応を見たローラも、ますます困惑した。

困惑と困惑が顔をつきあわせてしまって、ローラはより困った顔をした。

そこに助け船を出したのがノワールだった。

「マテオ様はまだ半分夢の中のようですね。食事を部屋まで持ってきて下さい。後は私が給仕します」

「あっ、はい。分かりました!」

助け船を出されたローラは、見るからにホッとした顔で、一礼して部屋から出ていった。

ほとんど間をおかずに、ワゴンを押して戻ってきて、そのワゴンを置いて、また部屋から出ていった。

そうして、部屋では俺とノワールの二人っきりに戻った。

ノワールは柔らかい物腰のまま、ワゴンを部屋の反対側にあるテーブルの方に押していった。

寝室とはいえ、くつろぐためのテーブルとソファーがある。

そのテーブルに、ワゴンから料理を手にして、並べだした。

「お待たせ致しましたマテオ様。こちらへどうぞ」

「……」

俺は少し迷ったが、立ち上がって向かっていった。

そしてノワールが準備を整えた朝食のあるテーブルについた。

何が起きているのかほとんど分かっていない、だけどひたすらわめくだけじゃ状況は何も好転しないだろう、というのはなんとなく分かってきた。

決して油断しないように、むしろ人生で最大級に警戒するようにと心がけながら朝食の前に座った。

「どうぞ、お召し上がり下さい」

「ああ、いただきます……」

テーブルの上に置かれているのはオーソドックスな朝食だった。

主食がパンで、サラダとドリンクがついている。

普段ならデザートもあるけど、それは食べ終えた頃にまた誰かが持ってくるから、まだここにはない。

俺は警戒しつつ、何があってもいいように注意しながら、パンを手に取って、一欠片《ひとかけら》口に運んだ。

「――っ、おいしい‼」

思わず声に出してしまった。

警戒したままだから口の中に「放り込んだ」パンは、今までの人生の中で、いや前世も含めた二回分の人生の中で一番美味《おい》しいパンだった。

「何これ、普段のよりずっとおいしい。ほんのり甘くて、香りが良くて、『おいしい』厚みがすごい」

「恐れ入ります」

ノワールはそう言い、腕を腰の前にかざして優雅に一礼した。

「え？　もしかしてこれ、ノワールが作ったの？」

「はい、作らせて頂きました。よろしければこちらの紅茶もどうぞ」

「うん……おいしい！」

言われた通りにドリンクの紅茶も一口。

これもすごくおいしかった。

「これ、いつもと違う茶葉なの？」

「いいえ、屋敷に所蔵しているありものでございます。パンの方もです。牛乳のみ今朝搾《しぼ》りたてのものを使わせていただきました」

「牛乳が搾りたてなのもいつものことだから……」

俺は驚愕《きょうがく》した。

ノワールが言ったことが本当なら、食材は何もかも普段通りだが、普段よりも数ランクおいしかった。

「どうしてこんなにおいしいの？」

「こう見えて私、死体の扱いが得意なのです」

「……うん？」

今、この人なんて言った？

「今、なんて言ったの？」

ノワールの言葉があまりにも奇抜すぎて、脳が理解することを拒否して、思ったことをそのまま口に出してしまった。

「はい、死体の扱いが人間よりも遙《はる》かに上手なのです」

「何を言ってるのぉ⁉　ってその言い方、やっぱりあのノワールだよね！」

突っ込みの声が裏返ってしまった。

冷静になって警戒しようと思っていたのが、完全にペースを崩されてしまった。

「はい、昨晩以来でございますね、マテオ様」

「ええっ⁉　えっとちょっと待って……」

俺は額に手を当てつつ、もう片方の手を突き出して、話をいったん制止した。

そうやって制止しつつ、混乱しきった思考をまとめるために頭をフル回転させた。

——が。

「死体の扱いが上手いってどういうこと?」

あまりにも混乱していたからか、質問の軽重、順序を間違えてしまった。

「食材というのはすべからく動植物の死体でございます。その扱いが上手ければこうして加工も上手くいくのでございます」

ノワールはにこりとした表情のまま、言い放った。

「言い方！」

「それともマテオ様は生きたままの何かを食す方が好みでしょうか」

「そんな好みはないよ！　あとそれ加工じゃなくて料理って言って⁉」

「良かったです。たしか活《い》け作り？　という手法もございますが、そちらは通常の料理人程度のスキルしか持ち得ませんので。こうした加工——ああ、料理でございますね。料理は死体の声が聞こえますので上手くできるのです」

「食材の声ね！」

俺はまたまた突っ込んだ。

もういちいち突っ込んでたらキリはないって思ったけど、突っ込まずにはいられないような内容だった。

「これはこれは失礼致しました。たしかに、この場合食材の声と申し上げた方が聞こえはいいですね。今後はそう致します」

「えっと……、あ、うん。それでお願い」

「話の流れでございますので、昼食のリクエストなどはございませんか？　今申し上げましたように死体――ではなく、食材の声が聞こえて誰よりも上手く扱えますので、この世で最もおいしい料理をお出しできますよ」

「え？　それは……えっと」

俺はちょっと困った。

それまでの勢いが完全に削《そ》がれてしまった。

ノワールの「食材《死体》の声が聞こえる」というのは、落ち着いて考えたらまったく突拍子のない話でもなかった。

昨夜も「死者を玩《もてあそ》ぶ行為」云々《うんぬん》の話をしていた。

初めて会った時から死者がどうのこうのという話をしていたのだ。

そこに何かがある――というのが事実かどうかはまだ分からないが、ノワールの言行としてはまったく矛盾《むじゅん》するところがないものだった。

そして、今口にしたパンと紅茶のおいしさを体験してしまった。

そこで「この世で最もおいしい料理」って言われると興味の方が上回ってしまった。

俺もおいしいものは好きだ。

普通に好きだ。

二回分の人生の中で一番おいしいパンと紅茶を食べた後に、「この世で最もおいしい料理」って言われたらそりゃあ興味を持ってしまう。

が、ギリギリのところで理性がブレーキをかけてくれた。

「どうして僕にそんなことを？」

「昨夜あれから少し考えまして、マテオ様にお仕えした方がいいのかもしれないと思いました」

「僕に⁉　どうして？」

疑問が解けずにいたらさらに大きな疑問が生まれてしまった。

「私以上に、死者に精通するお方になるかもしれないから」

「……っ」

疑問が解けたかは自分でも言い切れないところだけど、「そうきたか」と少しだけ納得したのだった。

107 老人たちの反応

「本当にそれだけ？」

「ええ、神に誓って」

「あなた悪魔なんでしょう」

「おや、これは一本取られました」

ノワールは人なつっこそうな笑顔を浮かべた。

その笑顔を見ていると、本当はいい人なんじゃないか、と思えてくる。

だけど俺は警戒を解かなかった。

昨夜あの後、メーティスに連絡をして、「悪魔」のことを調べてもらった。

ノワールが初めて目の前に現れた時、「人間が悪魔と呼ぶ存在」だと自ら名乗った。

俺には「悪魔」という存在の知識はなかったから、メーティスにそれに関する知識はないかと、調べてもらうように頼んだ。

すぐに返事がきた。

メーティスの「知識」によると、悪魔とは神に仇《あだ》なす存在で、かつては神だったのが堕落《だらく》して悪魔になった――ということらしい。

神と悪魔の争いに関しては文献が多くあって、それを調べて最後「共有」すると、昨夜の段階では一旦締めくくられた。

それを知っていろいろと納得した。

神を崇《あが》めるルイザン教だけあって、その敵である悪魔に関する文献が多いということに納得した。

それもあって、詳しい話はまだ知らないんだけど、神と悪魔が対立してたというのは知ってる。

それなのに悪魔が「神に誓って」と言ってもおいおいとなるわけだ。

「では何に誓いましょうか」

「うーん、別にいいかな」

「おや？　よろしいのですか？」

「だって、何を言っても『じゃあそれに誓います』ってさらっと言われそうだもの」

「これは手厳しい」

そう言いながらも、ノワールはニコニコ顔のまま、それどころかどこか楽しそうだって感じるような笑顔をしていた。

やっぱり油断はならない、そう改めて思った。

「それよりも、ローラさんに何をしたの？」

「おや？　そうでしたね、説明がまだでした。ご安心ください、ご主人様が心配されるようなことは、何も」

「……何も？」

「ええ、あの者たちに害をなすようなことは、何も」

「……」

俺は黙ったまま、じっとノワールを見つめた。

今言った言葉が本当なのかどうか――それを見抜ける力があるわけでも（ないんだけど）、それでも探るかのようにじっと見つめた。

「認識に少し介入をさせていただいただけです。詳しく説明すると長いのですが、ご主人様と私が一緒にいるのを目《ま》の当たりにしても、私の存在に疑問を持たないという代物《しろもの》です」

「それだけなの？」

「はい。神に誓って」

ノワールはまた同じ言い回しをした。

いい性格をしてる、って思ったけど、それは言わないでおいた。

それよりも、敵意をまったく見せない、敵対行動もしていない、そんなノワールにどう接するのかを考えた。

敵意は感じられないけど、どう考えても油断ならない相手。

そんな相手と接するのは生まれて初めての経験かも知れないから、俺は大分困っていた。

そんな中、部屋の外からドタドタとした足音が聞こえてきた。

足音は徐々に大きくなって、まったくのノンストップでドアがパーンと開かれる音に繋《つな》がった。

「おお、ここにおったかマテオ」

「おじい様」

現れたのは爺《じい》さんだった。

爺さんはドアを開け放って、一直線に俺の元に向かってきた。

そのままやはりノンストップで俺を抱き上げ、幼い子供にするように「高い高い」をした。

「わはははは、今日も元気そうじゃのうマテオ」

「わわ、おじい様降ろして。本当に腰を悪くしちゃうよ」

「かまわぬ、その時はその時じゃ」

「ええっ、でも――」

「それよりもマテオ、ちゃんと食べておるのか？　少し痩《や》せたのではないか？」

「え？　普通に食べてるよ？」

「だとしたら過労ではないか。小童《こわっぱ》に無理難題押しつけられてたりせんか？　小童のいうことなぞ適当に無視してもよいのじゃぞ？」

「相手は皇帝陛下だから……それよりもおじい様、いい加減降ろして？」

「名残惜《なごり》しいがマテオがそう言うのならしかたないのう。それよりもやはり少し痩せておるようじゃな。ノワールよ」

「はい」

「え？」

俺はきょとんとした。

爺さんがあまりにも自然にノワールの方を向いて、執事に接する態度と口調で話したことに驚いた。

「マテオにもっと滋養《じよう》のあるものを作るのじゃ」

「かしこまりました。具体的なメニューのご希望がございましたら承《うけたまわ》ります」

「そうじゃな……この屋敷に『万年雪のククリ』を置いていったはずじゃ。それを使うのじゃ。今から仕込めば昼には間に合うじゃろう」

「『万年雪のククリ』は国宝級の超希少食材だったと記憶していますが、よろしいのでしょうか」

「構わぬ、どうせ小童のところにまた献上されるから、また分捕《ぶんど》ってくるのじゃ」

「かしこまりました」

爺さんとノワールはまるで昔からの、かなり長い付き合いのある主従関係にあるみたいに、ものすごく自然な会話をした。

そっちの驚きの方が大きくて、爺さんが指定する超希少食材のことなんて頭に入ってこなかった。

その後、爺さんはまた一通り俺を愛《め》でてから、満足した様子で部屋から立ち去った。

「……」

「どうかなさいましたか？」

「おじい様とのやり取りの自然さに驚いているんだ」

「ええ——少し説明が足りなかったかも知れませんね。このように、私はこの家に古くから仕えている執事だと、見た方々は認識するようにしました」

「正直びっくりだよ、あのおじい様があああなるんだから」

「そのお気持ち分かります。あのご老人、人間にしてはかなりの傑物《けつぶつ》のようですから」

「……」

慇懃無礼《いんぎんぶれい》、という言葉が頭の中に浮かんだ。

ノワールの言葉遣いは丁寧《ていねい》だし、物腰も柔らかい。

だけど、言葉を一つ一つ噛《か》み砕《くだ》いていくと、端々から人間をナチュラルに下に見ているというのが伝わってくる。

「では、一旦退出いたします、ご主人様」

「え？　なんで？」

「昼食のオーダーを頂きましたので、それを。『万年雪のククリ』はやりがいのある食材ですので、お時間を頂きたく思います」

「あっ、本当に作るんだ」

それはちょっと驚いた。

てっきり爺さんに適当に話を合わせていただけだと思っていたから、ちょっと驚いた。

とはいえ、俺もちょっと興味はある。

ただのパンと紅茶でもものすごくおいしく作れるノワール。

そのノワールが超希少食材――具体的にどういう食材なのか分からないけど、爺さんが皇帝から横取りしてくる超希少食材を使ったらどんな料理になるのかには興味があった。

油断ならないのはそのままだけど、それをやってもらおうか――と頷《うなず》こうとした時。

「あら？」

部屋の外からまた足音が聞こえてきて、俺とノワールが一斉にそっちを向いた。

「おや、ご老人が戻ってこられたのでしょうか」

「ううん、ちがうよ。分からないな」

「生者のことは意識を向けなければ――幼い少女ですか」

「うん」

意識しないと難しい、ただし意識すれば分かる。

その自己宣告通り、ドアが開いて入ってきたのは幼げな老女――ヘカテーだった。

ヘカテーはドアを開けて、ドアの向こう、廊下《ろうか》の外でまず俺に向かって深々と一礼した。

「失礼致します」

「うん」

頷いてあげると、ヘカテーは部屋に入ってきた。

そして俺の前に立って、改めて口を開く。

「メーティスより話をうかがいました、その件については――」

俺に報告をしていたヘカテーだが、横にノワールが立っていることに気づいた。

最初は「部外者がいる」程度の表情で言葉をいったん止めていたけど、ノワールを改めて見て、はっとして表情を変えた。

目を見開き、驚く表情に変わった。

「その姿は悪魔!?」

「え？」

「おや」

ヘカテーの反応に俺もノワールも驚いた。

ヘカテーはさらに続けた。

「悪魔ということは――やはり、『最果《いやは》てのノワール』！」

「おやおや」

ヘカテーはノワールを睨《にら》みつつ、俺の前にさっと移動した。

俺とノワールの間に入って、俺をかばうようにして、ノワールと睨み合った。

ヘカテーには……ノワールの力が通用していない？

108 悪魔の溺愛

「おや、漏《も》れがあったようですね」

ヘカテーに睨まれても、ノワールはまったく動じていなかった。

一瞬虚を衝《つ》かれたような表情をしたが、すぐにいつもの笑顔に戻って、手をすぅっと差し出した。

それに反応してヘカテーは身構えたが、

「大丈夫ですよ、害を及ぼすものではありません」

と、そう言いながらパチン、と指を鳴らした。

同時に、指を鳴らした音と共に力の波動が拡散したのを感じた。

正体不明の力の波動だったから、俺も少しだけ身構えた。

「大丈夫です、これで——」

「お下がりください神、ここは私が」

「——おや?」

ノワールの表情が変わった。

ヘカテーの反応を見て、表情を変えた。

驚き――ノワールにしては強い驚きの表情になった。

「効いていない、ということでしょうか」

「え？　それっておじい様やメイドたちにしたことが、ヘカテーには効いてないってこと？」

もしやと思ってノワールの反応に聞き返す。

ヘカテーは「え？」と驚いて、俺をかばう立ち位置のまま首だけ振り向いてきた。

それに対し、ノワールは驚きが少し引いて、いつもの慇懃《いんぎん》な笑みに戻っていた。

「はい。なぜか効いていないようです。討《う》ち漏らしだと思いましたが、どうやらそういうことではないようですね」

「ヘカテーには効かない……僕も？　……」

状況を頭の中でまとめて、少し考えて、一つの可能性を導き出した。

そして――呼んだ。

「エヴァ？　来られそうならすぐに来て」

力に乗せて、エヴァを呼んだ。

直後、廊下から慌ただしい足音がして、少女の姿のエヴァが部屋の中に飛び込んできた。

「パパ呼んだ？」

　エヴァは一直線に俺のところに駆け寄ってきて、顔がくっつくくらいの距離まで迫ってきた。

「うん、使徒《しと》の中で呼んですぐに来られそうなのがエヴァだったから」

「使徒の中？　何かするの？」

「この人、どう見える？」

　俺は真横にいるノワールを指差した。

　エヴァは俺が指差した方を見た。

　そこで初めて気づいたかのように血相を変えて、そのまま見崇めた。

「昨日のあいつ！　パパを狙ってきたのね！」

「おや？」

「待ってエヴァ、まずは僕の話を聞いて」

「え？　うん、パパ……」

「その人、昨夜のあの人に見えるんだよね」

「うん、そうだよ。というかそのままじゃない」

「……うん、そうだね」

「これはこれは……複数の対象に効かないとは。ご主人様、そのお二人に何か共通点がおありなのですか？」

　ノワールは不思議がった表情――敵意をまったく感じさせない表情のまま聞いてきた。

敵意がないもんだから、ついつい答えてしまう。

「二人とも僕の使徒なんだ」

「使徒……ですか」

「うん。えっとヘカテー、正式にはなんていうんだっけ」

「使徒の尊《とうと》き青い血、でございます」

ヘカテーは恭《うやうや》しく俺の質問に答えた。

そのヘカテーの返事を聞いて、ノワールは少し考え込むそぶりを見せたあと。

「……まるで神のようですね」

「神でございます」

ヘカテーはなんのためらいもなく、ノワールに向かってそう言い切った。

まだ少し強《こわ》ばっている表情は、「神に無礼を働いているのを分かったか」と強く主張しているかのように見えた。

☆

「最後の悪魔……」

「はい、最果《いやは》てのノワール、最後に発生し、現存する唯一の悪魔でございます」

寝室の中、俺はヘカテーと向き合って座り、彼女から話を聞いていた。

ちなみにエヴァは俺の横に座っていて、渦中《かちゅう》どころか中心も中心にいるノワールは、まるで他人事《ひとごと》のように、執事的な振る舞いのまま少し離れたところに立っていた。

表情は相変わらず慇懃な笑みのままで、その笑みをちらっと目にする度《たび》にヘカテーが柳眉《りゅうび》を逆立てている。

そのヘカテーは怒りを押し殺しつつ、俺の質問に答えるべくノワールに関する知識を搾《しぼ》り出してくれた。

「最後で唯一というのはどういうことなの？」

「かつて相対した時には、『完成した悪魔だから他の悪魔は必要なくなった』と本人の口から聞いております」

「おや？」

傍観《ぼうかん》モードだったノワールが目を少しだけ見開いて、驚いた仕草を見せた。

「私と会ったことがあるのですか？　変ですね、ここ百年ほど人の前に姿を見せたことはないのですが」

「あっ、ヘカテーはルイザン教の大聖女なんだよ。確か……三一七歳だったっけ」

「はい」

「三一七歳の大聖女……ああ、あの子でしたか」

「やっぱり会ったことあるんだ」

「ええ、百年ぶりですし、その見た目ですから、まったく連想はできませんでしたが」

「なるほど」

道理で、と俺は深く頷《うなず》いた。

「あの時はお世話になりました」

「いけしゃあしゃあと……」

ヘカテーは感情を剝《む》き出《だ》しにした。

この短いやり取りだけで、よほどの因縁《いんねん》が二人の間にあるんだろうなと察した。

同時に、ヘカテーがこういう直情的な反応をすることは珍しいから、それがどういうものなのかが気になった。

「何《なに》かあったの？」

「有り体《てい》に申し上げますと」

「うん」

「彼女の仲間たち全員に、心に巣くう欲望をついて、誘惑し堕落《だらく》させた——といったところでしょうか」

「誘惑……」

「全員が一応聖職者でしたが、心の奥底にドロドロとした欲望を抱えていましてね。それを理性で抑えていたのですが、そっとその蓋を開けてやり、かつ叶えてあげたというわけです」

「どうしてそんなことを？」

「誘惑し、それで操ったのでございます！　そのせいで我々はかつての仲間たちを手にかけなくてはならなかった」

「……ああ」

なんか想像がついた。

戦争とかで良く使われる手だった。

真っ向からぶつかって相手を撃ち倒すよりも、何かをやって一人寝返らせれば、相手が一人減ってこっちは一人増える、差し引き二人分の効果が出る。

そういうことをやった、ということなんだろうな。

「また人間の前に出てきて！　今度は何をするつもりなの⁉」

「彼に少し興味がありましてね」

ノワールは慇懃《いんぎん》な笑みのまま、俺を見て笑った。

それがますますヘカテーの逆鱗《げきりん》に触れてしまった。

「神に無礼を働くつもり⁉」

「いいえ、違いますよ。ええそれはもう、神の名に誓って」

「貴様――」

ヘカテーはいきり立って、ノワールに飛びかからん勢いだったけど、とっさに察して手をかざしてヘカテーを止めた。

もう顔が真っ赤で、頭に血が上っている状態だったが、俺の制止がギリギリで届く感じで、ヘカテーは不承不承《ふしょうぶしょう》引き下がった。

俺はノワールの方を向き、たしなめるように言った。

「ねえ、それはだめだよ。そういうつもりがないのなら言い方変えて、逆なですするつもりがないなら普通にやめて」

「これは失礼致しました」

「……うん」

「ですが、ご主人様に害をなすつもりがないのは本当です」

「そうなの？」

「むしろあらゆる願いを叶えて差し上げたいと思っています」

「へ？」

「お望みはなんでしょう。ありきたりに世界征服や全ての美女といったものであれば、三日間頂ければいかようにもいたします」

「ちょっと待って、え？　それってどういうこと？　ヘカテーが来る前もそれっぽいことを言ってたけど、どうして僕に？」

「そうですね、悪魔が私一人になってしまったことで、悪魔の典型的な行いは人間の知識から消え去ってしまったのですよね」

「はあ……」

「理由は二つ。一つは先ほど、大聖女様がいらっしゃる前にご主人様に話したことです」

「死者の声がどうこう、ってやつ？」

「はい。ご主人様の存命中にそれを解明したいと考えています」

「もうひとつは？」

「悪魔は人の魂を集めます。理由は様々ありますが、広義的な意味で食糧、ととらえていただいて構いません」

「はあ、なるほど」

「そして人間が料理をするように、悪魔も魂を下ごしらえします。心の底からの望みを叶えた魂は極上《ごくじょう》なのですよ」

「あー……うん、そうなんだ……」

なんとなく、なんとなくだけど分かった。

「とある地方の酪農家《らくのうか》が、牛にビールを飲ませたり、音楽を聴かせたりするのと似てるかな」

「さようでございます」

ノワールはにこりと微笑《ほほえ》んだ。

そして、改めて――って感じで言い放つ。

「ご主人様は何をお望みですか？　手始めに世界を差し上げましょうか」

ノワールは笑顔をやはり崩さなかったが、極めて本気なトーンでそう言い放った。

たぶん、たぶんだけど――。

下心があるだけで、爺《じい》さんと皇帝《イシュタル》がしてくる溺愛《できあい》とやることは同じになるかもしれないと、俺は直感的に察したのだった。

109 魂ソムリエ

少し迷った結果、今の状況じゃ何もできないと思った。

「えっと……ちょっとへカテーと二人っきりで話したいことがあるから、席を外してくれる？」

「かしこまりました」

「……」

俺は驚いた。

ノワールはいともあっさりと引き下がったことに驚いた。

「どうなさいましたかご主人様」

「あ、うん。素直に席を外してくれるんだ、って」

「主が下がれと命じて下がらない執事は不適格です。もちろん、そうではない非常時もありますが、今は平常時でございますので」

「な、なるほど」

「では失礼致します」

ノワールはそう言い残して、さらに腰を折って深々と一礼して、優雅な物腰のまま部屋から出ていった。

部屋の中に残った俺とヘカテー。さすがにノワールがいなくなったことで、張りつめていた空気が一気に弛緩《しかん》した。

ヘカテーが見るからにホッとしていた。

「神は……やはりすごいです」

「え？　それってどういう意味？」

「悪魔は本当に欲しいと思った魂は手間暇を度外視して付け狙うと聞きました。調理の比喩《ひゆ》はあながち嘘ではありません。たった一つしかない超高級食材ともなれば――あっ」

ヘカテーは言いかけた言葉を呑《の》み込んだ。

そして慌てて俺に向かって謝罪してきた。

「も、申し訳ございません！　神を食材に譬《たと》えるなど弁明のしようがない冒瀆《ぼうとく》を――」

「ううん、大丈夫だよ。分かりやすいからオッケーだよ」

俺はヘカテーを慰めた。これはまあ本心で、本当に分かりやすいと思った。

同時に、悪魔って本当にそういう存在なんだろうな、と思った。

「だけど……」

「だけど？」

「ううん、なんでもない」

俺は首を振って、言いかけた言葉を呑み込んだ。

肉体を狙われる、というのなら話は分かる。

このマテオボディはともかく、もうひとつの体——海神《わたつみ》ボディは文字通り神の肉体。

だけど、魂では説明がつかない。

俺はただの人間だ、今は爺さんに拾われて貴族の孫になってるけど、記憶に残ってる前世から普通の人間、そこら辺にいる村人A程度の存在だ。

そんな俺の魂が最高級食材と言われてもピンとこなかった。

こなかったけど——。

「この先ずっと付け狙われるのかな」

「おそらくは……」

「そっか。困ったね」

「……ご命令とあらば」

「うん？」

「ルイザン教総出であの悪魔を討伐《とうばつ》致します」

「総出って、大げさだね」

「いえ。百年程前に直接対峙《たいじ》した時は、直接の死者だけでも三百人に上りました。その上で討《う》ち漏《も》らしたのですから総出は大げさではございません」

「三百人も!?　って、直接？」

「はい。心につけ込まれて、後日我を失って暴れ回ったものたちによる犠牲者も含めれば……」

「後遺症みたいなものなんだ……うーん」

犠牲者が数百人、いやへカテーは言葉を濁《にご》してるけど、もしかしたら千人を超えてるかもしれない。

それでも討ち漏らしたし、その上、ノワールのあの余裕だ。

総出で討伐、というのは大げさでもなんでもないのかもって思った。

だからこそ――。

「ううん、やっぱりやめて」

「よろしいのですか？」

「うん……あっ、僕がタイミング見計らうから、ゴーサインを出すまでは動かないで？」

思いつきで言い方を変えた。

動くなって言われてもへカテーならよかれと思って、あるいは代わりにとか思って、ノワールに突っ込んでいくかも知れない。

だけど俺のゴーサインを待て、って言えばちゃんと待ってくれるかもしれない。

言い方一つ変えただけのものだけど、それがうまくヘカテーの性格にはまった。

「承知致しました。ではその時までに準備を万全にしておきます」

「うん、お願いね」

とりあえずこれでヘカテーが突っ込んでいくことはなくなったから、俺はホッとしたのだった。

☆

夕方、俺はイシュタルと向き合っていた。

リビングの中で、ローテーブルを挟んで、イシュタルとソファーに座って向き合った。

「悪魔……人では決してないとは分かったけど……」

ノワールのことを説明すると、イシュタルは少し納得した。

訪ねてきたイシュタルはヘカテーと同様、「神マテオ」の使徒であるため、ノワールの影響を受けずにその正体を普通に見破っていた。

人間とは明らかに違う異形の姿をした悪魔ノワール、その詳細を説明するとイシュタルは戸惑いつつも納得した。

「大丈夫なの？　あれ。見た目からして禍々《まがまが》しかったし」

「うーん、当面は大丈夫だと思う」

自分でも頼りないな、って思うような返事だった。

ノワールの言い分をまるっと信じるのなら、俺が死ぬまで、あるいは俺の真の願いを叶えるまでは大丈夫だろうとは思う。

思うけど、それも確証のない話だから、返事がどうしても曖昧《あいまい》なものになってしまう。

「本当に⁉　もし困ってるのなら帝国総出で――」

「いいから！　総出はいいから！」

イシュタルはヘカテーと同じようなことを言い出した。

イシュタル――その正体は帝国の皇帝である。

正真正銘《しょうしんしょうめい》の、帝国の皇帝。

その命令一つで冗談抜きで国が総出で、という動き方になる。

世界のほとんどを統《す》べる帝国と、世界最大の宗教。

それぞれのトップが同じように「総出」という言葉を使ったのが嬉しくはあるのと、ちょっと怖かった。

「それよりも、イシュタルが今日来たのは夜の太陽の件だよね」

「あ、うん。できれば直接話を聞かせてもらいたいなって」

「うん、それなら——」

俺は頷《うなず》き、イシュタルに夜の太陽の顚末《てんまつ》を話した。

いろいろやって、最終的にエクリプスとして使徒《しと》化したことで、丸く収まっただろうと説明した。

「そうなんだ……使徒……」

「うん。といってもみんなみたいに見た目が人間じゃないのが、ちょっと複雑」

「え？　そうなの？」

「そうなんだ。特徴的な見た目だから、会う時は驚かないでね」

「レッドドラゴンみたいな感じ？」

「それよりワンランク——ううん、ツー、いやスリーランクくらい斜め上の見た目かなあ」

「ど、どんなのなの？」

イシュタルは驚き、戸惑った。

思わせぶりな言い方になってしまったけど、あれはそうだよなあ、と思った。

言葉でうまく説明できる自信がなくて、「会ってみれば分かるよ」としか言いようがなかった。

☆

夜になって、部屋の中。

夕食をとった俺は、部屋に戻ってくつろいでいた。

お茶をもらおうと思っていたら、それを察したのか、ノワールが現れた。

「どうぞ、ご主人様」

ノワールはそう言い、白磁《はくじ》のティーカップに琥珀《こはく》色の紅茶を差し出してきた。

湯気が立ちこめる紅茶は、同時に芳《かぐわ》しい香りを放っていた。

「いい香りだね――朝のとちょっと違う？」

「はい、疲労回復と鎮静作用があり、安眠効果が期待できるかと思います」

「そうなんだ……うん、おいしい。やっぱりお茶を淹《い》れるのうまいね」

「恐悦です」

「そういえば、イシュタルはまだ庭にいるの？」

俺は探りを入れる意味合いもかねて、ノワールにイシュタルのことを聞いた。

イシュタルはあれ以降、ノワールには敵意を剝《む》き出《だ》しにしていた。

ヘカテーはそのあたり上手《うま》く抑えたが、イシュタルは丸出しだった。

このあたり性格なのか年季なのか分からないけど、イシュタルは少しフォローしないとダメかも知れないって思って、それで聞いてみた。

「はい、夜の——失礼。エクリプス様とご一緒でございます」

「そうなんだ。びっくりしてる？」

「呆然《ぼうぜん》としておられましたが、呑み込みつつあるようです」

「そっか」

俺は頷いた。

夜になって、再びやってきた夜の太陽ことエクリプスをイシュタルと引き合わせたが、どうやら想像通りの結果になったみたいだ。

一方でイシュタルのことをノワールに聞いたが、ノワールは慇懃《いんぎん》な態度をまったく崩さず、けろっとした顔で俺の質問に答えた。

あまりにもけろっとしてるから、俺はもう少し踏み込んでみることにした。

「イシュタルのこと、どう思ってるの？」

「イシュタル様ですか？　ご主人様の僕《しもべ》、と認識しております。ヘカテー様もです」

「それだけ？」

「ええ。失礼ですが、魂としてはお二人とも凡庸《ぼんよう》でございますので」

「凡庸!?」

俺はさすがに驚いた。

イシュタルとヘカテーのことを凡庸だと評したのは驚きだった。

「はい。まずはイシュタル様。人間の基準でいえば傾城傾国《けいせいけいこく》の美女ではございますが、中身つまり魂はただの女でございます」

「な、なるほど？　……ヘカテーは？」

「あれはただの犬でございます。忠犬ではあるのだと思いますが、まったくもって凡庸でございます」

「そ、そうなんだ……」

さすがに俺はちょっと戸惑った。

イシュタルとヘカテーをそのように評して、最後に凡庸と斬って捨てるのは驚きだ。

「その分、ご主人様は実に素晴らしい」

「へ？」

「今まで目にしてきた中でもっとも素晴らしい魂でございます」

「うーん、それずっと言ってるけど、そんなに大した魂なの？　正直ぼくよりイシュタルやヘカテーの方がすごいって思うけど」

「とんでもございません、他に類をみない、希少で極上《ごくじょう》の魂でございます」

「うーん、そうかなぁ」

俺は首を傾げた、ノワールの言い分はまったく納得いかなかった。

こんな村人Aの魂を捕まえて極上と言われても、って思った。

が、次の瞬間。

「料理で譬《たと》えるのでしたら」

「本当に料理好きなんだね」

「再蒸留酒——一度蒸留して、ある程度年月が経って熟成したものを再び蒸留した酒、蒸留酒のような、そのような感じでございます」

「——っ!」

俺は驚いた、めちゃくちゃ驚いた。

蒸留したあともう一度蒸留した——という譬えが、村人Aだったのに転生貴族になったという俺の身の上と合致しすぎてて驚いてしまうのだった。

110 貢ぎ物リスト

俺はどう反応していいのか困ってしまった。

ノワールと目が合う。

今の反応、自分から「何か思い当たる節がある」と認めてるも同然の反応だ。

普通の人間でも分かりそうなのに、ましてや目の前にいるのは超有能な悪魔だ。

下手《へた》をすると思い当たる節どころか、何から何まで見透かされている可能性がある。

まずい、何か言ってごまかさないと——と思っていたが。

ノワールは深々と腰を折って、慇懃《いんぎん》な態度を崩さないまま、言った。

「ご安心を」

「え?」

「ご主人様の不利益になるようなことは決して致しません」

「……そうなの?」

「はい。私は悪魔です」

顔を上げたノワールは、まるで子供のような、裏のない無邪気な笑顔をしていた。

「いい魂を手に入れる鉄則、それは相手の心からの望みを叶えること。ですので、不利益に繋《つな》がるようなことは決して致しません。ご安心を」

「えっと……うん」

俺は困って、とりあえずって感じで頷《うなず》いた。

ノワールの言い分には説得力があった。

あくまで自分の都合だが、その都合は相手にとっての利益になる。

一番秘密にしなければならないはずのことを開陳《かいちん》した上でのその言い分は、説得力を感じてしまう。

「じゃあ、何も気づかなかったことにして？」

「かしこまりました」

このやり取りも本当は余計だけど、ここはどうすれば一番良かったのか分からなくなって、ついつい余計なことを言ってしまった。

そうこうしているうちに、イシュタルが部屋の中に入ってきた。

ノワールが腰を折って部屋の隅っこにどいてくれた。

イシュタルも使徒《しと》で、ノワールの正体を見破っている。

事情も知っているから、一瞥《いちべつ》するだけで放置して、まっすぐ俺のところに向かってきた。

「驚いたわ、まさかあんなことになってたなんて」

イシュタルは言葉どおり、驚きと感動がない交ぜになったような表情をした。

直前までエクリプスと向き合っていて、その感想がこれだ。

「僕も驚いてる。まさか夜の太陽がやってきて、その上こんなことになるなんて」

「夜の、というけどまったく太陽らしくなかったわ。顔だし、どちらかというと石像」

「あっ、うん。使徒になる前は大きくて丸い岩だったんだ。それこそ隕石みたいな」

「ああ……そういえば」

イシュタルは頷き、自分の体に視線を落として、納得したような表情を浮かべた。

彼女もそうだったからだ。

今のイシュタルは女の肉体だが、使徒化したことによって、海水と真水をかぶることで、男と女の姿を変えることができる。

性別を、肉体そのもので変えてしまう。

いわば究極の変装というわけだ。

女から男に変わることを考えれば、岩の球体から顔の石像に変わることなど大した変化ではないということになるんだろう。

「イシュタルなら分かるけど、エクリプスにとって、悩みは解決されたって感じなんだよね」

「うん、分かる」

「だから昼夜の問題は解決したと思って大丈夫。エクリプスにも聞いたけど、少なくとも本人は大丈夫だと言ってた」

「そう……すごいわ、この感謝の気持ちをどう言葉にすればいいのか」

「ううん、気にしないで。解決できて良かった」

「そう……あっ、こ、これは感謝とはちがうのだけどね」

「うん？」

いきなりなぜか慌て出したイシュタル。

そして言い訳というか予防線を張ったというか。

そうしてから、部屋の外に聞こえるように手を叩いた。

するとドアが開き、屋敷のものではない、イシュタルが連れてきたらしき使用人が入ってきた。

使用人は十人ほど。

全員が二つ折りのバインダーを積み上げたものを抱えて部屋に入ってきた。

その二つ折りのバインダーの山をテーブルの上に置いて、イシュタルに頭を下げてから部屋から出ていった。

全員が出ていった後、俺はイシュタルに聞いた。

「これって？」

「か、勘違いしないでね。これは皇帝に送られてきた献上品のリストなの」

「献上品のリスト？」

「そうよ！　皇帝なんだから、何もしなくても国内外から献上品とか、貢《みつ》ぎ物が贈られてくるの」

「あー……」

なるほど、と俺は納得した。

「しょ、正直こういうものはなんでも持ってるし、今更もらって嬉しいものはもう何もないのっ。だから――そう、お裾《すそ》分《わ》け」

「うん」

「欲しいものがあったら持ってって、なんでもいいわよ」

「そっか……おじい様もたまにあったなあ、こういうの」

イシュタルはなぜか必死に言い訳めいた口調になっていたけど、俺は普通に納得していた。

俺が言ったように、爺《じい》さんもよくこういうのを持ってくるからだ。

公爵である爺さんのところには、定期的にいろんな贈り物が届けられる。

爺さんはそういうのがたまると俺のところに持ってきて、欲しいものはないかと言ってくる。

公爵でさえあんなんだから、帝国の皇帝なら贈り物だけじゃなくて、イシュタル本人が言うように「貢ぎ物」という形もあるから、もっとすごいんだろうなと普通に納得した。

実際──と、俺はバインダーの一つを手に取って、二つ折りなのを開いて中を見た。

初っぱなから「純金の鳳凰像《ほうおうぞう》」というめちゃくちゃ高そうなものの名前が見えて──

「さすが皇帝陛下だね」

「ま、まあね。別に嬉しくともなんともないけど」

「あはは、そうなっちゃうよね」

いくらすごくても、これだけの量をたぶん定期的にあっちこっちから贈られてくるんだから、そりゃあ嬉しさも薄れてしまうよなと思った。

いくつか手に取って、パラパラめくる。

大半は高価そうな金銀財宝で、俺もそんなに興味は湧かなかったが。

「あっ」

「何か気に入ったものがあったの？」

「うん、古代遺跡から発掘した書物だって。これ、どういうのか気になるな」

「やっぱり本なのね。分かったわ、今持ってこさせる」

「今⁉」

「ええ。さすがに屋敷まで持ってくると邪魔だから、荷馬車の隊列は全部街の外で待たせてるの」

「そ、そうなんだ……」

ちょっとだけ苦笑いした。

だけどそれも皇帝らしいなと思った。

俺が気に入ったのを知ってから届けさせるのではなく、近くまで全部持ってきて、気に入ったのがあれば「取り出す」感じなんだろうな。

うん、さすが皇帝陛下だ、と思った。

「ちょっと行ってくるわ。あなたが指定したものだから、変なミスがあってはいけないわ」

「うん、えっと、ありがとう」

俺が礼を言うと、イシュタルは微《かす》かに頰《ほお》を染めて、その本を受け取りに行くために部屋から出ていった。

「あっ……他に本があったら、まいっか」

その間に他のリストも一通り目を通して、次でまとめて取ってもらえるようにまとめておこうと思った。

「なるほど、その手がありましたか」

「え？　どういうことなのノワール」

イシュタルがいる間は、本当の執事のように壁際に控えて一言も発さずにいたノワールだけ

ど、得心顔になってそんなことを言い出した

「私もリストを用意するべきでしたと、己の不明を恥じていた次第です」

「リスト?」

「ええ、今までの実績と申しましょうか。こういった夢を叶えてきた、というリストです。私も、一度叶えたものなら自信をもって再現できると、それでオススメできるのです」

「えっと……ああ」

少し考えて、ハッとした。

悪魔は相手の心からの望みを叶える、それを叶える代わりに、死後の魂をもらうという話を聞いた。

その叶えた望みを「人生」といってるんだ。

怖いし、それを希望するするつもりはまったくないけど。

「そんなリストにするほどたくさん叶えてきたの?」

「ええ、ある種の食事と申し上げました」

「うん、言ってたね。そっか、食事だと数も当然増えていくよね」

「ご明察でございます。リストは急ぎ作りますが、さしあたっては——」

ノワールはドアの方を見た。

イシュタルが出ていったドアに、ちらっと視線を向けて。

「美女がお好みであれば、一億二千万人のハーレムを築いて、かつ全員から好かれていた人生、などはいかがでしょうか」

「そんなすごい人生があったの……？」

俺は思わず舌を巻いた。

してもらうつもりはやっぱりないけど、人生もすごいし、それを叶えさせたノワールもすごいなと、心から思ったのだった。

111 ダブルキャスト
「えっと……じゃあ」

俺は少し考えて、ノワールに言った。

「そのリストを作ってくれる？」

「承知致しました」

「あっ、リストを作ってもらったからといって、絶対に選ぶってわけじゃないからね？」

「心得ております」

ノワールは怒るでもなく、むしろよりいっそうの笑顔になって、深々と腰を折った。

「なんか物分かりがいいね」

「商売になぞらえていえば、大口の顧客の一度や二度くらいの冷やかしで怒る商人はいません」

「……僕が最後に何か一回でも選べばいい、ってこと？」

「おっしゃる通りでございます。何度も申し上げますが、ご主人様の魂は類《たぐい》まれなるもの。中途半端な満足で台無しにしてしまうのは私としても不本意でございます」

「う、うん」

「心の底から望むものを提供し、人生を最高に満足していただく。その一点に関しては嘘偽りはないと胸を張って申し上げられます」

俺は微苦笑した。

こうもあけすけに、不利益になることも丸裸同然に打ち明けられるとちょっと対処に戸惑う。

俺は戸惑ったまま、ノワールを送り出した。

そのノワールと入れ替わりにイシュタルが部屋に入ってきた。

「あら」

部屋に入ったイシュタルは何かに気づいた様子で振り向いた。

ドアの向こう、廊下《ろうか》にエクリプスの姿が見える。

エクリプスは体が大きくて部屋に入ってこられずに立ち往生《おうじょう》している。

「あはは、ちょっと待ってね」

俺は手をかざして、テーブルの上にある水差しから水を取り出した。

その水をまるで一つの固まりのようにして、エクリプスの方に飛ばしていった。

飛ばした水はエクリプスの足元（足はないけど）で広がって、下から上へと岩石のような体を吸い込んだ。

水間ワープ。

水を飛ばして、その水でドアをよけて部屋の中にワープさせた。

『ごしゅじんさま』

俺の前にワープしてきたエクリプスは昨晩のように、大型犬のようにじゃれついてきた。

人間よりも一回り大きい石像のような体は圧迫感があったけど——。

「なんか慣れたかも」

「犬みたいなのね」

「イシュタルもそう思う？」

「ええ。宮殿で飼っている子もそんな感じだわ」

「そうなんだ」

俺はエクリプスを撫《な》でてやった。

すると自分から体をスリスリしてくるのより、撫でてもらう方がうれしいのか、エクリプスは撫でられやすいように気持ち距離を取った。

そんなエクリプスを撫でつつ、イシュタルに話しかける。

「それより二人で何を話してたの？」

「話はできなかったわ。ただ、同じ使徒《しと》なんだって分かっただけ」

「そうなんだ」

相づちを打つと、イシュタルは大きくうなずいた。

「だから、その子も、あなたにすごく助けられたんだろうって、それがすごく分かった」

それだけで充分、と、イシュタルは言葉の最後に付け足した。

「じゃあ死者の話はまだ知らないんだ」

「死者の話？」

「うん。エクリプスは夜の太陽で、夜にまつわる力があったんだ」

「ええ」

頷《うなず》くイシュタル。最低限の相づちをうちつつ、「それで？」と視線で先を促してきた。

「それがどうやら、死者を操る能力だったらしいんだ」

「……どういうこと？　いえ、いくつかの想像はついたけど、そのどっちなんだろう、って」

「うん。言葉で説明するよりも実際に見てもらった方が早いかな」

俺はそう言い、ハンドベルを鳴らした。

するとノワールではなく、メイドのローラが部屋に入ってきた。

俺はローラに手招きして呼び寄せて、耳打ちしてお願いをした。

ローラは深々と一礼して、俺のお願いを受け取って一旦部屋から出ていった。

メイドに何か下準備をさせるというのを理解した皇帝イシュタル。

彼女は急《せ》かさずにそのまま待った。

俺も準備ができるまで、エクリプスをそのまま撫でてやった。

五分もしないうちに、ローラ率《ひき》いるメイドが数人部屋の中に入ってきた。

四人くらいで大きないけすを台車つきで運んできて、ローラは布を被《かぶ》せたトレイを持っている。

いけすにはなみなみと水が入っている。

「お待たせしましたご主人様。これでよろしかったでしょうか」

ローラはそう言い、トレイを持ったまま近づいてくる。

俺は布をとっぱらった。

そこには魚が入っていた。

食材用の魚で、包丁とかまだ入っていないけど動きもしない、死んでいる魚だ。

「いろんなのを考えたんだけどね」

俺はそう言い、イシュタルに向かって苦笑いを浮かべた。

「いわゆる『死体』の中だと、調理前の魚が、なんとか「怖い」とか「気持ち悪い」とか感じることがなかったんだ」

「……ええ、そうね」

イシュタルは静かにうなずいた。

彼女は「いくつかの想像はついた」と言っていた。

たぶんその中に正解があるんだろうなと思った。

だから俺の言葉にもいち早く共感できた、と俺は思った。

俺は魚を両手で持ち上げて、いけすの真上に持っていって――いけすの中に落とした。

魚は一度沈んでから、まったく動かずに逆さまになって浮かび上がってきた。

俺は手をかざした。

エクリプスから授かった能力を魚にかけた。

すると魚は動き出した。

逆さまだったのが上下正しくなって、いけすの中を泳ぎだした。

「こ、これって⁉」

「泳いでる……え？　その魚もう絞《し》めたはずよね」

「これをご主人様が……？」

メイド達は一斉に驚いた。

食材の「死んでいる」はずの魚が、いけすの中で泳ぎ出したことに驚いていた。

同時に、一部始終を目《ま》の当たりにしているからか、「俺がやったこと」だって分かっている彼女たちはすぐさま驚きを感動と尊敬で上書きして、そんな顔で俺を見つめてきた。

メイドたちは驚いているが、イシュタルは冷静だった。

彼女はいけすに近づき、それ越しに泳いでいる魚を見た。

「瞳が濁《にご》ったままね」

「うん、だって死体だから」

「あくまで死体として動かせる、ということなのね」

「そういうこと。いろいろ考えたけど、身近にあるいわゆる死体で、魚がいちばん気分悪くならないかなって」

「私もそう思うわ」

イシュタルは俺の意見に同意してくれた。

「これ……どこまで操れるの？」

「まだ分からないんだ、実は。死体を操るって言われても、そんな気軽に試せるものでもないからね」

「用意させましょうか？」

「用意？　死体を？」

「ええ――まったくおかしな話でもないのよ？　死刑が執行された後の死体とか、よほどの貴顕でもない限りは医師などに下げ渡すのが一般的よ」

「……研究に使われるんだ？」

「ええ」

「そっか……」

なるほど、と、俺は頷いた。

そういう考え方をすれば、確かに死体を使っての研究はおかしい話ではなくなる。

そして皇帝であるイシュタルならそういうのをいくらでも用意できるだろう。

そんなイシュタルはまっすぐ俺を見つめてきた。熱烈な視線だ。

俺はあのバインダーの山を思い出した。

一言「うん」っていうだけで死体が山ほど持ってこられそうな、それくらいの熱量だった。

「えっと、うん。必要になった時はお願いしようかな」

「今は良いの？」

イシュタルはちょっと残念がった様子で聞いてくる。

「まずは心あたりがあるからね、基礎の練習というか」

「基礎？」

「うん」

俺はそう言い、見せた方が早いだろうと、そう思って水間ワープを使って、海神《わたつみ》ボディを召喚した。

「これは……海神の……」

「えっとね……ちょっと待って」

俺は意識して、頭の中で考えていたことをさらにはっきりとイメージしてから、力を行使した。

「「こんな感じでね」」

と、マテオと海神、両方で同じ言葉をしゃべった。

声は喉《のど》から出るもの、肉体の操作ができるのなら魂が入っていなくてもしゃべれるはず――。

そして、その考えは当たっていて、成功した。

「ど、どういうこと⁉」

さっきから驚きっぱなしのメイドたちに続いて、イシュタルも目の前の光景に驚いたのだった。

112 気持ち悪くないもの

目の前にいる女たちの驚いた顔がもっと見たいと思った。

悪い意味で驚いてるんじゃない、言葉にすると「すごい」って感じの驚き方だったから、もっともっと驚かせてみたくなった。

俺は、できることを考えてみた。

頭の中で想像してみて——たぶんいけると思った。

「ちょっとやってみるから、そのまま見てて」

「え、ええ」

イシュタルはおずおずと頷《うなず》いた。

俺は立ち上がった。

俺自身と、海神ボディ。

両方一緒に立ち上がった。

そして向き合うように立つ。

ここ最近、「自分」だと認識しつつある海神ボディが、こうも目の前にあるのは不思議な感じだった。

なぜ自分だと認識しつつあるのかは、海神ボディの時は水と向き合うことが多いからだ。

その水が鏡になって、自分の姿を映し出す。

不思議なもので、「鏡」として見ている姿を自分の姿と認識しつつあるのだ。

そんな不思議な感覚を密かに噛《か》みしめつつ、エクリプスの力で海神ボディを操作した。

向き合って、手を取り合った。

イシュタルにメイドたち、女たちが固唾《かたず》を呑《の》んで見守る中、最初はものすごくぎこちなかった。

「操作」しているのは海神ボディだけど、自分の体の動きもなぜかおぼつかなくなっていた。

両方が等しくぎこちない動きをしていたが、徐々に、徐々に慣れていった。

マテオ《お》と海神《れ》は手を取り合って一人で踊り出した。

まるで貴婦人と手を取り合って、社交の場でステップを踏む、そんな踊り方だった。

最初は本当にぎこちないものだったが、次第に慣れていき、ステップを無難に踏めるようになった。

そうして、音楽こそ流れていなかったが、マテオ《お》と海神《れ》は無事に一曲踊りきった。

踊りきったあと、イシュタルたちの方を向く。

「こんな感じだけど、どうかな」

「すごいわ……それ、マテオ一人……ということよね」

「うん」

「だったら本当にすごいわ……」

イシュタルは心から感動した様子で舌を巻いていた。

メイドたちも同じように感動していたが、こっちはもっと喜びを露わにはしゃぎ回っていた。

「羨《うらや》ましいわ、それ」

「羨ましい？」

「ええ、昔から『自分がもう一人いたら』、って良く思うもの」

「そっか……」

なるほど、と俺は頷いた。

皇帝といえば激務だ。

前世ではただの村人だった俺は、皇帝はとにかく酒池肉林《しゅちにくりん》で享楽《きょうらく》だけの日々を送っているもんだと思ってた。

しかしマテオに転生して、爺《じい》さんに拾われて貴族の世界を自分の目で見るようになって。

皇帝というのは実はめちゃくちゃ忙しいもんだと。

肉体労働こそ少ないが、常に何かを決めなければならない、帝国のために働き続けている存在だと知った。

　そんなめちゃくちゃ忙しい皇帝であるイシュタルが、「自分がもう一人いたら」って思うのは当然のことだと納得した。

「ねえ、それって他に何ができるの？」

「他にできること？　そうだね……あっ」

「どうしたの？　変な顔をして」

　イシュタルは不思議そうな顔して、俺を見つめてきた。

　彼女が指摘した通り、俺自身変な顔になっちゃったなあ、っていう自覚がある。

「うん、この力が分かった時、オノドリムに言われたことを思い出しちゃったんだ」

「精霊様に？　なんて言われたの？」

「その力があれば余裕で世界を支配できる、って」

「世界を支配？　どういうことなの？」

「えっとね、大地の精霊じゃない？　彼女」

「うん」

　イシュタルははっきりと頷いた。

　オノドリムのことに関しては、彼女はこの部屋にいる人間の誰よりもよく知っている。俺よりもさらに深く知っているだろう。

「でね、生きてる人間よりも、大地の中に埋まってる死体の数の方が圧倒的に多いって」

「……恐ろしいわ、それ」

「うん。あの時もそうだし、今もちょっと想像して、微妙な気分になっちゃった」

「微妙な気分？」

「ほら、今の魚とか自分の体とか、そういうのはいいけど、死体というか、ご遺体とかそういうのを操るのはちょっと気分的に、ね」

「……」

イシュタルは真顔で俺を見つめた。

じっと見つめたあと、ふっ、と優しげに微笑《ほほえ》んだ。

「マテオは優しいな」

「優しい？」

「余《よ》なら……死体を使役《しえき》することに毫《ごう》ほどもためらいを持たないであろうな」

「そうなの？」

「うむ。それが帝国に益をもたらすことであれば、な」

「……」

そう語ったイシュタルを、今度は俺が見つめ返す形になった。

「マテオ？　どうした、何か変なことを言ったか？」

「ううん。イシュタルに見とれてただけ」

「見と――」

言いかけ、イシュタルはまなじりが裂けそうなくらい目を見開き、驚いた。

「普段からものすごく綺麗《きれい》だけど、今のはもっと綺麗だった。心からの信念を語ったからかな、すごく凛々《りり》しくて綺麗だった」

「そ、そう……」

凛々しくて綺麗――と評したら、彼女は頰《ほお》を染めて顔を背けてしまった。

評した凛々しさが言葉一つで消えてしまったのがちょっと惜しくて、言わなきゃ良かったかも、なんて思ってしまった。

「ご、ごほん」

はっきりと照れた様子のイシュタルは、照れをかくすためか、わざとらしく咳払《せきばら》いをして、話を変えた。

「それよりも」

「それよりも？」

「どこまでを死体と思うか、ね」

「どういうことなの？」

イシュタルは答えず、まずは魚、そして海神《わたつみ》ボディ。

この二つに視線を順に流してから、俺を再び見つめてきた。

「その力、夜の太陽――エクリプス由来でしょ」

「うん」

「エクリプスが死体だと思うけど、マテオが死体だと思わなかったものが、気分的に抵抗なく操れるということじゃない？」

「そういうことだね」

俺ははっきりと頷《うなず》いた。

そこはまさにイシュタルの言う通りだった。

「せっかくだし、そういうのって何かないかな、って。ああ、もうひとつ追加。できれば数が多い方がいいわね」

「うーん、なんだろう。…………蟬《せみ》の抜《ぬ》け殻《がら》、とか？」

「ぷっ」

俺は少し考えて、搾《しぼ》り出したのがそれだった。

それを受けてイシュタルは小さく噴き出した。

噴き出す彼女の姿は、さっきとはまた違った趣《おもむき》の「可愛《かわい》さ」があった。

それを指摘しちゃうとさっきみたいに消えてしまうかもしれないから、今度は指摘しなかった。

「蝉の抜け殻がそうなのかは分からないけど、大量に集めたらさぞ気持ち悪くなると思うわね」

「あー……うん、それはそうだね」

大量の蝉の抜け殻——そんな光景をちょっと想像して苦笑いしてしまう。

「でも多分、気持ち悪いけど動かすのにためらいはないと思うな」

「そうね、『遺体』をためらうのならそうよね」

イシュタルは頷き、あごを摘《つ》まんで考え出した。

そして、ぼつりと一言。

「ホムンクルスって……どうなんだろう」

113 埋葬したものを

「ホムンクルスって……何？」

イシュタルに聞き返した。

彼女の口から出てきたのはまったく聞いたことのない言葉で、それがなんなのかまったく見当もつかなかった。

唯一、予想を立てられるとしたら――

「何かの動物？」

と、それをストレートに口に出して聞いてみた。

料理する前の魚や蟬の抜け殻という話の流れから、それが何か聞いたことのないような動物の死体――と推測はできた。

が――。

「少し違う。なんと言えばいいのだろうか……」

イシュタルは困った顔で考え込んだ。

出会った時から女の身でありながら、性別を隠して皇帝の座についていた彼女は長年染みついた二面性を持っている。

こうして真面目《まじめ》な話をする時は、たとえ困り顔でもどこか凜々《りり》しくて息を呑《の》むほど美しく見える。

それに見とれながら、彼女の言葉に耳をかたむけた。

「ゴーレム……は、知っているか？」

「石の人形のこと？」

「そう、ゴーレムは石の人形に、魂のようなものを吹き込んだ存在。それと同じでホムンクルスは『肉の人形』に魂のようなものを吹き込んだ存在だ」

「そんなものがあったんだ？」

「ああ、あった」

「……あった？」

イシュタルの語気は読み違える余地がないほど、そこに強調されていた。

「大昔の研究だ。時の権力者の肝《きも》いりで進められたもの」

「権力者の肝いり？　どうして？」

「マテオは歴史も詳しかったはずだな？」

「うん、おじい様とイシュタルがくれた本をたくさん読んだ」

「であれば、時の権力者が共通して執着するものも分かるだろう？」

「……不老不死？」

そう答えると、イシュタルは小さく、しかしはっきりと頷《うなず》いた。

「そう、不老不死。常にそれを求める権力者がいて、ホムンクルスはその目的のため、発想の転換から生まれたもの。生まれついた肉体での延命が不可能なら、新しい肉体を作って魂を移せばいいのでは、と」

「そっか……」

なるほどな、と思った。

確かに発想の転換だし、そっちの方が「俺」には納得がいく話だ。

ただの村人から貴族の孫に転生して、今も二つの体に魂を行き来させる俺には良く分かる発想だ。

だが。

「研究は成功しなかったんだね」

イシュタルは小さく頷いた。

「だよね……、成功してたら少なくとも皇帝、最高権力者の皇帝はそれをしてなきゃおかしいもんね」

「そうだ。記録はもはや散逸《さんいつ》しているため詳細は分からぬが、何をどうやっても権力者の魂を移すことはできなかったらしい。最終的にできたのはゴーレム同様に疑似《ぎじ》的な魂を入れた肉人形でしかなかった」

「それがホムンクルス……そっか、石の人形と違って、人間と同じならわざわざ作る理由もないもんね」

「そういうことだ——でも、それならマテオも抵抗なく使えるんじゃないかな」

「うん、もしも——な想像が何個かあるけど、たぶんいけると思う」

俺はそういい、イシュタルも頷いた。

もしもな想像の内容を彼女もはっきり理解しているみたいだ。

「ただ」

「ただ？」

「これ以上詳しいことは分からないの。私も出所が本なのかも分からないくらい曖昧《あいまい》に『どこかで』知った知識で、それ以上のことは知らないの」

「そっか。じゃあヘカテーたちに頼もう」

☆

次の日の昼、俺に呼び出されたヘカテーと二人っきりで向き合っていた。

リビングの中、二人っきりで向き合っている。

イシュタルは皇帝として、夜の太陽の一件を全て聞いてから、まずは一段落したと王宮に戻っていった。

そのため、イシュタルが出所の話だが、彼女はここにいなくて俺はヘカテーと二人っきりで向き合っている。

そのヘカテーに、イシュタルと話したことを、そのいきさつも含めて全て話した。

イシュタルは敬虔《けいけん》な表情のまま、神と崇《あが》める俺の言葉を真剣に最後まで聞き終えてから、静かに口を開いた。

「ホムンクルス、はい、知っています」

「どこまで知っているの？」

「皇帝陛下よりやや詳しい、程度でしかありません。しかも……」

「しかも？」

「結論から申し上げます。研究の結末まで知っています」

「……そっか」

なるほど、と俺は首を縦に振った。

ヘカテーは申し訳なさそうに言ってきた。

それは事のいきさつを聞かされたからで、俺がエクリプスの力を活用するためにホムンクルスのことを知りたがっているのを今聞かされたから。

なのに、自分が持っている知識は「研究の結末」、つまりは失敗してたぶん終わったところまで知っているというのだ。

だからそんな風に申し訳なさそうな顔をした。

「申し訳ございません」

「ううん、ヘカテーは何も悪くないよ。だって昔のことだもん」

「ありがとうございます。神がお望みなら痕跡を漏《も》らさず探し出すと言いたいのですが……その」

「その？」

「記録では、最後の研究者が研究に関する資料を全て焼却し、実験体であるホムンクルスも全て埋葬したとあります」

「燃やしたんだ」

「はい……これが、また」

「うん？」

「研究資料をすべて切り裂いて、その上で火をつけてすべて灰にし、さらには豚のエサにしたとか」

「やりすぎじゃないの!?」

「すべてを鵜呑《うの》みにするというわけではありませんが、それほど念入りに消し去ろうとした、と最初に知った時に感じました。その……」

「今度は何？」

「大聖女も、その、寿命《じゅみょう》には……」

ヘカテーは申し訳なさそうに、もじもじしながら言いよどんだ。

「そっか、ヘカテーも三一七歳だったもんね」

今はもう幼い少女の姿をしているのでよく忘れてしまうが、俺と出会った時の彼女はまさしく枯れ木のような老婆《ろうば》だった。

そしてルイザン教という最大の宗教の最高権力者だ。

だったらやっぱり、不老不死のことを何か考えたり探したりしたこともあったんだろうな、と思った。

そのことをヘカテーは申し訳なく思っているのが明らかだった。

神と崇める者を前にして、自分が不老不死に目が眩《くら》んだことがある、というのが恥ずかしくてしかたがないのだろう。

俺は話を逸《そ》らそうとした。

「じゃあもう手がかりは一切ないってことだね」

「おっしゃる通りでございます」

「だったらしょうがない。念入りに破棄《はき》されたんじゃね」

「おそらくですが、ホムンクルスに感情移入をしたのだと思います」

「感情移入？」

「はい。目にした資料を読んだのですが、行間から後悔《こうかい》や自責の念がにじみでるような文章でした。資料をすべて念入りに破壊したのにもかかわらず、ホムンクルスはきちんと葬《ほうむ》って、弔《とむら》ったともあります」

「……うん」

それも分かる、と今なら思う。

ホムンクルスの話が出たのは、そもそも俺が「死体と遺体の違い」で困っているところからきている。

死体ならエクリプスの力を使っても気分は悪くならないが、遺体では抵抗感がある。

それと同じで、それをやった人はホムンクルスにそういうのを感じたんだろうな。って思った。

「どういうものか、一回見てみたかったんだけど、しょうがないよね」

「申し訳ございません。当然の如く、どこに埋葬したという情報は残っておりませんので」

「あはは、それは当たり前だよ。あそこまで念入りにやって埋葬した場所を残すわけないよね」

「はい……ですので、ゴーレムと同様に土の中で朽《く》ちぬ何かであったとしても、見つけるすべはございません」

「だよね、土の中に埋葬したといっても……いっても？」

「神？」

「土の……中に……もしかして！」

もしかして、と思った。

藁《わら》をも摑《つか》む思い程度のものだった。

だけど、それは実にあっさり。

「知ってるよ」

呼び出した大地の精霊は、あっけらかんと言い切ったのだった。

114 道具だから

リビングの中、俺とヘカテーとオノドリムの三人。

オノドリムの返事を聞いて、俺は言葉を失い、そんな俺を見て、ヘカテーもまた苦笑いした。

「……」

「どうしたの？　そんな変な顔をして」

オノドリムがきょとんとした表情で聞いてきた。

俺は微苦笑して答えた。

「ううん、そんなにあっさり『知ってるよ』って言われるとは思ってなかったから」

「でも土に埋めたものでしょ？」

「うん」

「だったら分かるよ。よゆーよゆー」

オノドリムは実にあっけらかんと言い放った。

「っていうか、あたしだったら知ってるかもって思ったから聞いてきたんでしょ？」

「それはそうなんだけど……ね」

俺は苦笑いしたまま、ヘカテーに水を向けた。

ヘカテーは頷《うなず》き、俺とほとんど同じように苦笑いしたまま口を開いた。

「数百年前のことですし、限定的な事象でもありますので」

「関係ないって。あたしは大地の精霊だよ、大地のことであたしに分からないことなんてないない」

「そ、そう」

「で、どうすんの？　そこに行きたいってこと？」

オノドリムはこっちを向いて、聞き返してきた。

「うん、お願いできる？」

「まっかせなさいって」

オノドリムは胸を叩いて、自信たっぷりに言った。

若干《じやつかん》不安になってくる安請け合いだった。

「どうしよっかな、ここからちょっと遠いよ？」

「空から行こう。空の上でも場所は分かる？」

「よゆーだよ」

「じゃあちょっと待ってね」

俺はそう言い、二人をひとまず待たせて、海神《わたつみ》ボディに乗り換えてきた。

「じゃあ行こう。ヘカテー」

俺はヘカテーに向かって手を差し伸べた。

俺が差し出した手を見て、ヘカテーは戸惑った。

「えっと……？」

「つかまって。ヘカテーを抱えて飛んでいくから」

「ええっ⁉　そ、そんな！　神の手を煩《わずら》わせるなどと」

「大丈夫、煩わしくなんて思わないから。ほら」

まごまごするヘカテーの手を取って、そのまま引き寄せ、抱きしめるようにした。

海神ボディになった分、引き寄せたヘカテーの小柄な体が腕の中にすっぽり収まる形になった。

ヘカテーは体が硬直した。

「大丈夫？」

「だ、だだ、大丈夫、です」

「そう？　じゃあ摑《つか》まってて」

そう言って、俺は背中の白い翼を展開した。

そしてオノドリムと視線を交換し、頷き合って、外に出て大空に飛び上がった。

ヘカテーを抱いて、オノドリムの誘導に従って、大空を飛んでいく。

腕の中に収まっているヘカテーは、石像かってくらいかっちこちに固まっていた。

「だ、大丈夫？　大丈夫です！　ヘカテー」

「そう？　もうちょっと我慢してね。オノドリム、この調子ならどれくらいで着きそう？」

「空飛んでるし、この速さだったらすぐだよ」

オノドリムが言った通り、空の旅はすぐに終わった。

彼女に連れてこられたのは湖の真上だった。

「ここだよ」

オノドリムは湖面に視線を向けながら言った。

「ここって、この下？」

「うん。真下、湖底よりもさらに下」

「ねえヘカテー」

「は、はい！」

「埋葬……したんだよね」

「え？　あ、はい！　そうです」

「湖の下に埋葬したの？」

俺は当然の疑問を呈した。

世の中で「埋葬」の形はいろいろあるが、湖の下、湖底よりさらに下というのはあまり聞かない話だ。

だからヘカテーに聞き返した。

ヘカテーはさっきまであたふたしていたが、湖面を一度見て、俺が不思議に思っている状況なのに、彼女は逆に落ち着いた表情に変わった。

「湖なのは知りませんでしたが、埋葬をしたものは『決して掘り起こされない場所』に埋葬したということですので」

「ああ……なるほど」

ヘカテーが逆に落ち着いて――つまり納得した理由が分かった。

何をどうやったのかは分からないけど、「決して掘り起こされない場所」なら、湖底のさらに下は状況的に納得がいく。

「ですが……これでは……」

「大丈夫だと思うよ。だって――ほら」

俺はそう言って、湖面に向かって手をかざした。

一周するだけで一日かかりそうなくらい広い湖だったが、海神の力で真下の水が勝手に避けて、ぽっかりと空《あ》いた不思議な空間になった。

水が避けて、湖底がはっきりと見える。

「こうしたら……オノドリムならなんとかできそう？」

「もっちろん」

オノドリムはノリノリで手をかざし、指をパチン、と鳴らした。

すると開いた湖底の「地面」が割れて、奥から何かがゆっくりと浮かび上がってきた。

やがてそれは完全に地上に出て、湖面よりも上に浮かび上がってきた。

俺たちの目の前に現れたのは大人の男と同じくらいのサイズをした人形だった。

人形は一切の着衣をしていなくて、その上、目も鼻も口も耳もない。

あるべき器官はなくて、長い間、地中にあったはずなのにまったく腐ったりもしていなかった。

「これが……ホムンクルス」

「完全に人形だね。顔のパーツがまったくないや。それにまったく原形を保ってる」

「よく分かんないけど、これ土に還《かえ》らないやつだね」

「そうなのオノドリム？」

「うん、このまま千年二千年埋まってても土に還らないんじゃないかなあ」

「へえ……そうなんだ」

「おそらくですが、永遠の命のために作られた代物《しろもの》だからだと思います。あらゆる意味で頑丈なのだと思います」

「なるほど、うん、ヘカテーの言う通りかもしれない」

俺とヘカテーとオノドリム、三人は掘り起こしたホムンクルスを前に、ちょっとした品評会のようなことをしていた。

「これ、どうするの？」

「エクリプスの力を試してみる」

俺はそう言い、意識して力を行使するために、ホムンクルスに向かって手をかざした。

そしてエクリプスから授かった、「死体を操作する」力を行使した。

――しーん、となった。

湖の上空を冷たい風が吹き抜けていった。

「え、えっと……」

「何も起こらないね」

ヘカテーは気まずそうにしていて、オノドリムは割とストレートに状況を言葉にした。

「動かないね」

「だめなの？」

「うん、ウンともスンともしない。たぶん何をどうやってもダメなんだと思う。ただの体感だけどたぶんそう」

「そっかー」

オノドリムは割と気楽な感じで残念がった。

一方で、ヘカテーはめちゃくちゃ真顔でホムンクルスを見つめた。

「死体ではないから、ということなのでしょうか」

「そういうことかもしれないね。命として生まれてきたものじゃないから死体じゃない、だからエクリプスの力の範疇外《はんちゅうがい》——かな」

「なんとかならないものでしょうか」

「しょうがないよ、これぱかりは」

「まっ、話を聞く限り人間が作り出した道具みたいなもんだしね。実際、あたしの感覚でもこれ生き物じゃないし」

「それは分かるんだ」

「うん、土の中に埋まってる時の感覚だとね。ほら、埋蔵金とかと同じ」

「埋蔵金と?」

「うん。生き物って大体死んだ後は土に還るから、動物なのか植物なのか、そもそも生き物なのかどうかが分かるんだ」

「そっか」

俺ははっきりと頷《うなず》いた。

生き物は大地に還る、だから還るかどうかで分かる。

大地の精霊オノドリムが言うのならその通りなんだろう。

「へカテー、そんなに考え込まないで。オノドリムがそう言うんだから考えてもどうしようもないって思うよ」

「……」

「はい……申し訳ございません神。お役に立てずに」

「へカテーに責任はまったくないよ」

「はい……」

へカテーはひとまず頷いてみせたが、口惜しさがこれでもかってくらい出ていた。

こうなってくると、逆になんとかして動かして、へカテーの落ち込みを解消してやりたいなって思ってしまう。

とはいっても何もできそうにない。

直に触ったらもっと力が届くのかな、とか思ったけど、そんなこともなさそうだ。

そう思いつつ、何となくホムンクルスの体に手を触れた——瞬間。

「むっ⁉」

「神？」

「力が……吸われる」

「え？」

驚くヘカテー、眉《まゆ》をひそめる俺。

触れた瞬間、ホムンクルスに力が流れていくのを感じた。

そしてあっという間に、ホムンクルスの姿が消えて見えなくなった。

「こ、これは⁉」

「……オーバードライブ」

驚愕《きょうがく》するヘカテーに、俺の頭の中にオノドリムの「道具」という言葉がリフレインしたのだった。

115 器の人生

「そっか、君はそれができるんだったね」

そのことを知っているオノドリムは、ニコニコ顔のまま納得していた。

そういえばヘカテーは――？　と思って彼女の方を見ると、ヘカテーはもう驚いていなかった。

むしろ目を輝かせていて、まるでオモチャを買ってもらう直前の少年のような目をしていた。

なんで？　と疑問に思った。

「ヘカテー？」

「はい、なんでしょうか」

「えっと……ごめんね？　驚かせちゃって」

なんですぐに驚きが収まったの？　っていう質問もなんかちょっと違うと思ったから、俺はちょっとだけ遠回しに聞くことにした。

「とんでもございません。天使の御業オーバードライブ。知識としては存じ上げておりました。

初めて目にして驚きはしましたが、これがそのオーバードライブだと知り、むしろ光栄です」

「そっか、天使の御業として言い伝えが残ってたんだっけ」

「はい。天使ではなく神ご自身が行ったのを見られて光栄です」

「そっか」

ヘカテーの返事に納得しつつ、彼女がすぐに驚きを収めた理由も分かった。

彼女は俺のことを神だと崇拝《すうはい》している。

「ホムンクルスが溶けた現象」に驚きはしたが、「神がオーバードライブを使う」ということはヘカテーにとっては驚きよりもむしろ興奮に繋《つな》がるのはよく分かる話だった。

「あー……なんかいるね。びみょーに」

オノドリムはさっきまでホムンクルスがあった空間に手を通したりしてみた。

俺も同じようにした。

「うん、何もないけど何かあるね」

「そうなのですか？」

「なんていうんだろ……熱風とかそういう、分厚い空気の壁がここにある、って感じなんだ」

「なるほど」

ヘカテーは俺の説明に頷《うなず》いた。

俺はその「熱風」の中に手を突っ込んだまま、力を調整する。

力を一気に持っていかれて、人形のホムンクルスは空気の層というレベルまで溶けてしまった。

それを再び人形の形に戻すため、オーバードライブの度合いを調整するため、力を調節した。

オーバードライブの調整は前からちょこちょこ練習してきた。

一番最初にやったのは剣で、その時はまったく刀身が見えなかった。

だけどまったく見えないのはそれはそれで問題もあって、ある程度は見えたほうがいい場面もある。そう思って、オーバードライブした刀身が半透明くらいに収まるように練習を繰り返してきた。

それと同じように、ホムンクルスのオーバードライブを調整した。

すると、完全に透明だったのが、また人形の形に戻ってきた。

オーバードライブ状態を維持しつつ人形の形に戻ってきて、ついでに――。

「君の顔じゃんこれ」

オノドリムが楽しげな口調でいった。

「オーバードライブを調整してみたんだ。見えてるけど、これで一応オーバードライブ中」

「へえ、こんなこともできるんだ」

「それで――」

試しに、とオーバードライブ中のホムンクルス。

俺の顔をしたホムンクルスに、エクリプスの力を行使してみる。

すると、オーバードライブホムンクルスがまぶたを開けて、まるで眠りから目覚めたかのようにむくりと起き上がった。

「わお、動いた。これ君が？」

「うん」

「オーバードライブで？」

「エクリプスで」

「え？　なんで――」

「オーバードライブで道具としての性能を変えれば死者を操る能力が適用されるようになった――ということでございますか？」

率直《そっちょく》に疑問を示すオノドリムと、思案顔で目の前の状況を言葉にするヘカテー。

俺はそんなヘカテーに頷いた。

「うん、そういうこと」

「さすが神でございます」

「理屈は……どっちなんだろうね。オーバードライブしたから『僕の道具』になったのか、こういう見た目だから『ちゃんとした死体』に見られるようになったのか」

オーバードライブでホムンクルスは動いているのか、どっちの理屈で動いているのか、実はよく分かっていない。

「だったら持って帰って、ゆっくり調べればいいじゃん」

「それもそうですね」

「このまま持ち帰っちゃっていいのかな」

「え？　なんで。遺跡で発掘した伝説の武器とかと同じじゃん」

「……道具、だもんね」

俺が言うと、オノドリムは「そういうこと」とウインクをしてみせた。

オーバードライブで自分の顔にして、それで動いて「死体」ってイメージがついちゃったけど、元々は「人形」で「道具」だったホムンクルス。

オノドリムの言うように、発掘された古代の道具と同じ類《たぐい》のものだ。

ひとまずオーバードライブを解いて、水の力も解いた。

ぽっかりと空《あ》いた空間のようになっていた湖底に水が流れこんで、波が立ってはいるが、普通の湖の光景に戻った。

「屋敷に戻るね。二人とも摑《つか》まって」

「うん」

「はい！」

俺はオノドリム、ヘカテー、そして再びのっぺらぼうな人形にもどったホムンクルスを連れて、湖で水間ワープを使って屋敷に戻ってきた。

最近はこういう移動が当たり前のようになった。

初めて行く場所は普通に移動して、帰りはそこから何か水を見つけて知っている場所に直接飛ぶ。

単純計算で、移動時間が最長でも二分の一だからいろいろと便利になった。

そうして戻ってきた屋敷のリビングの中。

俺たち三人は立っていて、ホムンクルスはなんとなくテーブルの上に寝かせている。

「さて、これをどうしようかな」

「ご希望とあらば、わたくしどもが一度調べることもできます。現物こそ存在しませんでしたが、研究資料が断片的には残っておりますので、もしかして再生産することもできるかもしれません」

ヘカテーは真顔で申し出てきた。

「本当に？　それはありがたいかも」

「――っ、ルイザン教の総力を集結し、必ずや量産させてみせます！」

「え？　そんなに意気込むほどのことじゃないよ。ダメだったらダメで――」

「いえ！　期待には必ずや応えてみせます」

「あ、うん。無理はしないでね」

俺は微苦笑して、一応、とばかりにそんなことを言った。

こういう時のヘカテー――いやヘカテーだけじゃない。

イシュタルや爺《じい》さんもそうだけど、溺愛《できあい》モードに入って俺のために何かしたいってなると、何を言っても止まらない感じになる。

止められないから、無理はするな、とだけ言っておいた。

「失礼します」

ドアがノックされて、ノワールが入ってきた。

ノワールは片手に山積みのバインダーを持って、部屋に入ってきた。

なんかちょっと見覚えのある光景だぞ、と俺は微苦笑した。

「お帰りなさいませご主人様」

「ただいま。えっと……資料というか、まとまったの？」

「はい。便宜上S～Fまでランク付けし、とりあえずSとAランクを持って参りました。好みもあるでしょうから、ご希望でしたらB以下も後ほど」

「うん、分かった。えっと、ちょっと待って、あとで読むから」

「かしこまりました――おや？」

バインダーを持ったまま、優雅に一礼するノワール。

顔を上げると、俺たち三人の間にあるホムンクルスに遅まきながら気づいた様子だ。

「あ、これはね――」

「懐かしいですね」

「――え？　知ってるのノワール」

「ええ、命のない空虚なる器《うつわ》」

俺たちとはまったく違う言い回しだけど、その言い回しでノワールは正しくホムンクルスのことを知っているんだと分かった。

「この者の妄執《もうしゅう》でしたね」

「えっ⁉」

俺は驚いた。

ホムンクルスを知っていることは驚きに値しなかったのだが、ノワールは持っているバインダーの一つを抜きとって差しだしてきたから驚いた。

あのバインダーは確か、ノワールが願いを叶えた人間の人生ダイジェスト――だったはずだ。

116 悪魔と大聖女の戦い

「それ、本当なの?」

「ええ」

ノワールはいつものように慇懃《いんぎん》に応じつつ、片手のまま器用に抜き取ったバインダーを開いた。

「マックス・プランク。一生涯恋人の幻影を追い求めた哀れな男の名前でございます」

「恋人の幻影? どういうことなの?」

「彼には恋人がいたそうです」

「そうです?」

「はい」

ノワールははっきりと頷《うなず》いた。表情にまったく変化がない。

「私が目をつけたのは強い願望を持っていたからなので、実際にいた時は目撃していないのです」

「そうだったんだ」

「聡明にして怜悧《れいり》で活発、誰にも好かれる素敵な女性だったと彼は話していました」

「ノワールは会っていないんだよね。どうしていなくなったの？」

「戦争だったそうです」

「……そっか」

俺は小さく頷いた。

恋人を失った、理由は戦争。

それ以上は聞かなくてもなんとなく分かるし、根掘り葉掘り聞きたいとも思わなかった。

それを察してくれたのかそうじゃないのか、ノワールはまったく変わらない表情と口調のまま先を続けた。

「恋人を失った彼は恋人を作り出そうとしました」

「作り出す？　蘇生《そせい》とか、そういうのじゃなくて？」

「彼なりの理屈はあったようです。なんでも『死者を蘇らせることを神は認めていない、しかし一から作り直すことを禁じてもいない』とのことでした」

「えっと……」

神、という言葉が出たから、俺はなんとなくヘカテーに視線を向けた。

神に関わる世界最大の宗教、ルイザン教の大聖女である彼女の意見が聞きたかった。

俺こそが神と崇《あが》められているのだから、この反応はよくよく考えたらおかしいのだけど。

「はい、死者の蘇生は禁忌《きんき》とされております。しかし、死者を作り直すことはそもそも言葉としても理屈としても成立しておりませんので、禁じているはずもございません」

「たしかに」

死者を作り直す——なんてのはヘカテーの言うとおり、言葉としてもおかしい。

そんな、普通はしない、おそらくはそのマックス・プランクという男しか使わなかった言葉をわざわざ禁止にする何かがあるはずもない。

「ということですので、理屈はまったく理解できませんが、彼は禁じられていない方の、死者を作り直すため、ホムンクルスの研究に没頭しました。そこに私が取り入った、という次第です」

「それって、成功したの？」

「何をもって成功とするのかは難しいところですが、少なくとも、私は自信をもって、彼が人生に満足して死ねたと言えます」

「なんか含みのある言い方だね」

「ご主人様が持ち帰ったのが最終成果でございますので」

「……幻覚、ということですか？」

ヘカテーが俺とノワールのやり取りに割り込んできた。

絶えず笑顔のまま、慇懃な態度のままのノワールとはまったくの正反対で、ヘカテーは険しい表情で、半ば責めるような態度だった。

「ご想像にお任せします」

「それが悪魔のやり口ということ」

「彼は幸福の中で死ねました。少なくともこれは事実です」

「その手口を恥ずかしいとは思わないのですか」

「悪魔ですから」

笑顔のノワール、静かな怒りをたたえた表情のヘカテー。

二人の間で火花がバチバチと飛び散っているのが見えてきそうな、そんな空気感だった。

「それはそうと」

見ようによっては、ヘカテーが一方的に敵意を向けているだけにも見えてしまう。

その証拠に、ノワールはけろっとした顔でヘカテーから俺の方に向き直った。

「ご主人様はその人形がご所望《しょもう》なのでしょうか」

「えっと……うん」

「では、彼が残した全ての人形をここに持ってくると致しましょう」

「全ての人形？　このホムンクルスだけじゃないの？」

「彼は実に難儀《なんぎ》な性格をしていましてね、容易に成功することを良しとせず、何度も何度も失敗した先に本当の成功がある。それを望んでいました」

「途中の失敗作があるってこと？」

「はい。成功したものとまったく同じものが」

「まったく同じもの？」

「はい、その通りでございます」

なんでまったく同じものなのか？　と一瞬不思議に思ったが、すぐになんとなく分かってしまった。

ヘカテーが詰めたノワールのやり方、幻覚を与えて幸せにさせたやり方。

こうして最後のホムンクルスがのっぺらぼうの人形だったところを見ると、研究は成功しなかったんだろう。

同じホムンクルスを延々と作り続けたんだろうな、と想像するに難くなかった。

それはちょっと気の毒ではあった。

とはいえ、そのホムンクルスを全部持ってこられても――って思ったが。

「しばしお待ちを。すぐに人形どもを持って参ります」

ノワールはそう言って、優雅に腰を折って一礼し、すっと部屋から出ていった。

「あっ――行っちゃった……」

止める間もなく行ってしまったノワール。

「よろしいのですか？」

ヘカテーが聞いてきた。

「うん、なくてもいいけど。このホムンクルス、道具としてオーバードライブできるって考えたら、こういう人形が多いとできることも増えるかなって」

「そうですか…………むっ」

「どうしたのヘカテー」

「人形……道具……」

「ヘカテー？」

「しばしお待ちくださいい神！」

「え？」

「今思い出したのです。ルイザン教が保管している神具や魔導具に『人形』とされるものがたくさん存在しています」

「あー……なるほど。うん、そういうのってありそうだね」

俺は小さく頷き、納得した。

ホムンクルスに限定するのではなく、道具としての人形、ということならルイザン教に限らず、世の中に数多くいろんなものが存在するんだろうな、と思った。

「すぐに集めて参ります」

「へ？」

「悪魔にばかりいい顔をさせてたまるものですか」

ヘカテーはそう言い、対照的にバタバタした感じで部屋から飛び出していった。

「えっと……ヘカ、テー？」

これまた止めそびれてしまって、俺はちょっと困惑した。

ノワールとヘカテー、二人は一体何をしてるんだ？　って思っていたそこに。

「仲がいいね、あの二人」

「へ？　どういうことオノドリム」

戻ってきてから、これまたニコニコ顔で静かに見ていたオノドリムがそんなことを言い出した。

仲がいいって……どういうこと？

「だってあの二人、皇帝とおじいちゃんの張り合いみたいなことしてるじゃん」

「むむむ……」

オノドリムにそう言われて、俺はちょっと困ってしまった。

皇帝とおじいちゃん——イシュタルと爺《じい》さん。

その二人が何度も繰り広げてきた俺への溺愛《できあい》合戦と似ているって、オノドリムは言った。

実際、それと同じなのが困りものだ、って俺は思ってしまい。

その日のうちに二人がホムンクルスと大量の人形を屋敷に持ってきたことで、実際にも、かなり困ってしまうのだった。

117 漁夫のオノドリム

日が暮れ始めた頃、庭に俺とオノドリム、そしてヘカテーにノワールの四人がいた。

ノワールはいつものように穏やかで慇懃《いんぎん》な表情のままで、ヘカテーは敵意剝《む》き出《だ》しにしている。

そんな感じで向き合う二人は、背後にそれぞれ大量の「人形」を設置している。

ノワールの背後は例のホムンクルス。

背中から見るとまるで人間そのものだが、前から見たら全部がのっぺらぼうで人形感が強くなる。

一方のヘカテーの背後には石像や彫像、「人形」――人の形をしたものという意味ではあながち間違っていないものがずらっと並べられている。

俺はまずノワールに聞いた。

「それがマックスっていう人の作ったもの?」

「ご明察でございますご主人様」

「そんなに作ったんだ」

「すべて試作品ではございますが、最後に作られた完成品とさほどの違いはございません」

「え？　どうしてなのそれ」

「妄執《もうしゅう》の強さと能力は必ずしも比例はしておりませんので」

「えっと……」

少し考えて、ノワールがやったことを思いだしてそれで理解した。

最終的にどうやら、ノワールは幻想を見せたみたいな形でマックスの願いを叶えた。

それはつまり、最後まで成功しなかったってことでもある。

「へえ、途中でまったく進歩しなかったんだ」

オノドリムがホムンクルスの大群を覗《のぞ》きこんで、聞いた。

「まったくというわけではございませんが」

ノワールは少し曖昧《あいまい》なもの言いをした。

まったくじゃない、でもほとんど変わらない。

そういうことなんだろうな、と俺は理解した。

ノワールの方は分かった。

今度はヘカテーの方を向いた。

「ねえヘカテー、それって？」

「説明が遅れました。これらは我々が所蔵しております『偶像』の数々です」

「偶像……それに拝んだり祈りを捧げたりするわけだね」

「はい。いずれも名工のものばかりを、選《よ》りすぐりで持参致しました」

「それって、すごく高いってことだよね？」

「おっしゃる通りでございます」

「いいの？　そんな高いものを」

「神がご所望でございますので、世俗の価値を用いての可否判定は致しません」

「な、なるほど」

俺には事もなさげに言い放つヘカテー。

神がいるって言ったらどんなに高いものだろうが差し出す。

ヘカテーの立場やそもそもの人生からすれば当然の話なんだろうけど、なんというかまあ、ちょっとだけもったいないというか、恐いなと思った。

世界最大の宗教の大聖女が、「神のお告げ」のために差し出すもの。

なんというか、めちゃくちゃ高いものだろうと想像がつく。

俺はおそるおそる、ヘカテーに聞いた。

「ねえヘカテー、それって値段はどれくらいするものなの？」

「申し訳ございません、詳しい値段までは。なにぶんずっと我々の宝物庫で保管していましたので、ここ百年近く値段をつけたことはないのです」

「そ、そう？」

「いずれも国宝ですので、そうですね、金貨で――」

「ああ！　いい、もういい！　いいから！」

俺は慌てて手を振って、ヘカテーの話の腰を折った。

聞いてしまうと、めちゃくちゃプレッシャーになりそうな気がした。

両方から話を聞いた後、俺は一度ぐるっと、ノワールにヘカテー、ホムンクルスに偶像と視線を一周させた。

「えっと……どうしようかな」

俺は「やるべきなのか？」という意味でどうしようかなと言ったのだが、二人は違う受け取り方をした。

「お先にどうぞ、聖女様」

「なんですって」

慇懃なノワール、眉間《みけん》にしわを作るヘカテー。

いつも通りの二人は、俺が「どっちから？」と言っているように受け取ったみたいだ。

「何を企《たくら》んでいる悪魔」

「いいえ、何も企んでいません。私が何かを企む必要もないでしょう。どうぞ、お先に」

「……」

ヘカテーはしばしノワールを睨《にら》みつけたが、ノワールはまるで風に柳の如く、その視線を涼しげな表情のまま受け流した。

ヘカテーは折れて、こっちを向いてきた。

「それでは神。どうぞ、お好きなものから」

「あ、うん。えっとじゃあ……」

このまま何もせずに話が収まる様子じゃなかったので、俺は腹をくくって、一番近くにある石像に手を伸ばした。

石像に触れて、魔力を込める。

すると、石像は溶けた。

オーバードライブで溶け出した――が。

途中で完全に溶けきらずに爆散した。

とっさに避ける。ヘカテーをかばいつつ避ける。

爆散した石像は、溶けかかったこともあって岩の破片がロウソクの燃えかけみたいな半分溶けた破片ばかりになった。

「こ、壊れちゃった。どうしようヘカテー」

「ご安心を」

「え？　あ、大丈夫なんだ」

「はい。神に直接形を変えて頂いたものでございますので、明日にも聖遺物指定を致します」

「えええ⁉　いいのそれ？」

「神の恵みに感謝します」

ヘカテーは嘘でも強がりでもなく、そういったのはまったくない感じのまま、素直に「感謝します」と言った。

「こちらもどうぞ」

「う、うん……あっ」

次の石像もオーバードライブ中に爆散した。

その横にあるのは黄金の神像っぽくて、それもやはり触れた瞬間に爆散した。

ものの一分で、俺は実に五体の偶像をオーバードライブで破壊した。

「も、もうやめる。ごめんねヘカテー、たくさん壊しちゃって」

「とんでもありません。神の恵み感謝致します」

ヘカテーはやっぱり、「壊してくれてありがとう」みたいなニュアンスで返事してきた。

偶像はまだまだあるが、これ以上ルイザン教が所蔵してる国宝級の工芸品を壊すのは心苦しかった。

視界の隅でノワールの姿をとらえる。

ノワールは相変わらず笑顔だったが、どことなく「それ見たことか」的な感じにも見えてしまった。

「ノワールは――」

「はい、なんでしょう」

「こうなることは分かっていたの？」

「ご明察です、ご主人様」

ノワールは慇懃《いんぎん》な笑顔のまま答える。

ヘカテーの怒気というか殺気というか、そういうのが背中に突き刺さってきた。

「どうして？」

「ご主人様のオーバードライブ。至近距離で見せていただいたのは初めてではございますが」

「あ、そういえばそうだったっけ」

「はい。予想以上の力でございました。さすがご主人様でございます」

「あ、うん」

「ただ、ご主人様でなくとも。あのようななんの仕掛けも人の情念も込められていないものは、オーバードライブに耐えられないだろうと思っていました」

「な、なるほど……」

ちょっと恐くなって、ちらっと背後を見た。

ヘカテーは「ぐぬぬぬぬ」って感じで、反論したいけど言い返せない、その分怒りマックスの顔でノワールを睨んでいた。

「それに比べると、こちらは例の彼の情念がたっぷり込められた代物《しろもの》。それは名工の魔導具と事実上同じ代物。それに加えて成功例もございます」

「たしかに、ホムンクルスで一回成功したもんね」

「おっしゃる通りでございます。さあご主人様、こちらをどうぞ」

「あ、うん。じゃあちょっとだけ……」

俺はそう言い、大量に並んでいるホムンクルスに近づいた。

ノワールの言う通り、ホムンクルスでは一回成功している、再現性もあった。

だから俺はまったく躊躇《ちゅうちょ》することなく一体のホムンクルスに触れて、オーバードライブをかけた。

ホムンクルスは溶けて――途中で爆散した。

「あ、あれ!?」

「むっ……これは」

「耐えられなくなったみたいね」

オノドリムがそう言ってきた。

ノワールは珍しくちょっとだけ困り顔になった。

その直後だ、背後から実に「楽しげ」な声が聞こえてきた。

「大口を叩いておいてその程度ですか？」

「……」

なんだろうと思いながら、別のホムンクルスにも触れる。

するとやはり途中まではオーバードライブ風に溶けるが、溶けきらずに爆散した。

ヘカテーの偶像とまったく同じ現象だ。

「ねえ、今どんな気持ち？」

「……ふっ、これしきのこと、どうといったことはありません」

「なんですって？」

「このホムンクルスがダメなのは、ひとえにご主人様の力が高いからこそ」

「当然ですね、神なのですから」

「であればその力に耐えうるものを持ってくれれば良いだけです」

「……偶然ね、同じことを考えていました」

「へえ……」

ヘカテーとノワールは睨み合った。

視線がぶつかり合って、本当に火花がバチバチ出るんじゃないかってくらいのめちゃくちゃすごい眼差《まなざ》しで、互いに睨み合った。

「それ以上のものが用意できるというのですか？」

「当然です。我々は聖骸《せいがい》なるものをいくつも保有しています。それを使えばきっと神の要望に応えられることでしょう」

「え？　ちょっと待って、聖骸って何？　なんかすごいこと言ってない？」

「そういうことですか。でしたらこちらも出し惜しみをしていられませんね。魔神の依《よ》り代《しろ》を持ってくることにいたしましょう」

「こっちも待って!?　さらにすごそうな言葉が出てきたよ？　対抗しなくていいんだよ？」

俺は二人に突っ込んだが、二人は俺を無視するような形で、今にも風のようにこの場から立ち去って、俺のために聖骸やら魔神の依り代やらを取りに行くいきおいだ。

「えー……どうしよう、なんかすごい話になりすぎてるんだけど」

「あはは、いいじゃん別に」

「うーん、いいのかな……」

「というかさ」

「え？」

俺はオノドリムの方を向いた。

彼女はいつもの快活な笑顔のまま、「名案だ！」って感じの顔で切り出した。

「依り代で思い出したけど、あたしの依り代でもいいじゃん」

「えっ!?」

118 神は死んだ？

無邪気な感じで話すオノドリム。

それが聞こえたヘカテーとノワールは争いをピタッと止めて、俺とオノドリムのやり取りに耳を澄ませるという感じのそぶりを見せた。

二人も気になるみたいだが、俺も気になる。

改めて、とオノドリムに聞いた。

「オノドリムの依り代って、どういうことなの？」

「あたし、昔はちょこちょこ人間の格好をして、人間の生活を体感してきたんだ」

「そうなの？」

「うん！　まだあたしを信仰してた人間が多かった頃、人間に混じってあたしのお祭りに参加とかしたりさ」

「お茶目なんだね、オノドリムって」

「楽しかったんだもん」

お茶目と評されたオノドリムは気を悪くすることなく、むしろさらに楽しげな笑顔になった。

「で、そういう時は依り代をつくって、そこに乗り移ってからやるんだ」

「そうなんだ……でもどうして？　今みたいにぼくたちと話してるこんな感じじゃダメなの？」

「話すだけならいいけどさ、例えばお祭り――収穫祭とかに参加する時さ、みんなでわいわいしながらお酒飲んだりごちそう食べたりするのよ」

「ふむふむ」

「最初はこの格好、本体で参加したけど、途中で『酔っ払うともっと楽しいかも？』って思ってさ」

「……そっか。精霊って酔っ払わないんだ、人間のお酒で」

「うん！　お酒だけじゃないけどね。薬とか毒とかも全然効かない」

「あはは、そりゃそうだよね」

笑う俺。オノドリムの言葉がちょっとおかしくて、楽しかった。

こうしてフランクに話してくれるし、明るくて可愛《かわい》くて、まるで隣家の綺麗《きれい》なお姉さん的な空気を出しているけど、彼女は大地の精霊オノドリム。

今までも埋蔵金やら何やら、地中に埋まっているものなら全て把握《はあく》しているところを見せていたりして、人間を遥《はる》かに超越した存在なのは間違いない。

そんな彼女が普通に酒を飲んでも酔えないから、依り代――たぶん人間と同じようなボディを作って、それに乗り移って酔っ払いになった話はシンプルに面白かった。

「それってまだ残ってるの？」

「ううん、前のはもうないよ。人間と同じ体だから、とっくに腐って土に還《かえ》った」

「なるほど」

人間と同じ、という理由には納得した。

「でもすぐに作れるよ。庭に出よ？」

「やっぱり土地から？」

「もっちろん！」

オノドリムはテンションをさらに一段階上げるような感じで、親指を立てながら言った。

そんなオノドリムと一緒に庭に出た。

後ろからヘカテーとノワールが一緒についてきた。

庭に出ると、オノドリムはしゃがんで、芝生《しばふ》に手を触れた。

そこには何もないはずなのに、オノドリムの手はまるで何かを取り出すかのような動きだった。

土の地面だが、まるで水の中に手を突っ込んで水中から何かを取り出すのと同じ感じで、土の中から「人間」を取り出した。

服を着ていなくて、真っ裸のそれは――。

「僕？」

俺そっくりの、マテオそっくりの人形（？）だった。

「うん！　いつも君のことばっかり考えてるから、これが今一番作りやすいの」

「そ、そうなんだ……」

俺はあはは、と照れ笑いをした。

君のことばかりを考えてる。

そんな言葉をオノドリムのような可愛い子に言われると、めちゃくちゃ照れてしまう。

「でもすごいね。僕よりも……なんていうんだろ、生きてる感じがする」

「どういうこと？」

「海神《わたつみ》ボディに乗り換えた時、マテオの体に魂が入ってないじゃない？　本物の僕の体なんだけど、魂が入ってないからか、なんか足りない感じがしちゃうんだ。それに比べてこっちは今にも動き出しそうな感じ」

「えへへ……そりゃああたしが作ったものだもん」

「そっか」

さすが大地の精霊だと思った。

「じゃあはい、これ、試してみてよ」

「うん！」

俺は頷《うなず》き、オノドリムから俺そっくりの人形を受け取った。

触れた瞬間、ああやっぱり人形だ、と思った。

真っ裸の俺人形は体温がなくて、触った瞬間生命力を感じさせないような冷たさを感じた。

ただ体温がないだけで、皮膚《ひふ》とかそういう体の柔らかさとか感触は人間そっくりだった。

それに感心しつつ、魔力を注ぐ。

俺の魔力が注がれた俺人形はそのまま溶けた。

「おおっ！」

「成功したの？」

「うん。すごいよオノドリム。やっぱりオノドリムだ」

「え？　それは何が？」

「今までで一番すんなりオーバードライブが成功したかも知れない」

「一番すんなり？」

「うん。ほら、オーバードライブって見た目何かを溶かしてるって感じだよね」

「うん」

「それが一番スムーズに――っていうか、スルッといったんだ」

「へえ」

「オーバードライブに耐えうる道具は制作者の技量によるって教わったから……さすがオノドリムだね！」

「うふふ、まっ、大したことじゃないよ」

オノドリムはそう言いながらも、顔はめちゃくちゃ嬉しそうだった。

俺は改めて、オーバードライブで溶かした俺人形と向き合った。

「……あれ？」

「今度は何？」

「なんか動かないね」

「うごかない？」

「うん。オーバードライブで溶かしたのはいいんだけど、ホムンクルスみたいに動かないいんだ」

「えー、なんで？」

「うーん……なんでなんだろう」

俺は首をひねった。

オーバードライブはすんなりいった。今までのオーバードライブで一番すんなりいった。

「オーバードライブしすぎたのがよくないのかな？」

「ふむふむ、君のコピーの出来が良すぎたからなのかな」

「たぶん？」

「じゃあ今度は……こっちはどうかな」

オノドリムはそう言い、俺人形の時とまったく同じ感じで、もう一体の人形を地中から取り出した。

「おや」

背後にいるノワールが反応した。

そう、オノドリムが取り出したのは、ノワールに似ている裸の人形だった。

「今度は普通に似てるくらいなんだね」

「あの男、好みじゃないもん」

「これは手厳しい」

「あはは……」

好みの問題なのか、と俺はちょっと乾いた笑いが出た。言われたノワールはまるで気にもしていない様子だ。

「試してみて」

「うん！」

オノドリムに促されるがままに、ノワール人形にもオーバードライブをかけた。

ノワール人形はさっきと同じように音もなく溶けた。

「あっ、うん」

「どう？」

「オーバードライブはちょっとつっかえるね。それでも今までの魔導具よりはすんなりいったけど」

「さすが精霊様、といったところですね。手抜きをしてもその辺の人間よりは遥《はる》かに上だった、と」

「そうだね」

ノワールの分析が多分正解だと思い、俺は頷いた。

オーバードライブ自体は成功したから、そのままエクリプスの力で操作しようとする——が。

「うーん、これもダメだ」

「えー、なんでだろう。じゃあめちゃくちゃ品質の低いの——うむむ、えい！」

オノドリムは目を閉じ、何やら唸《うな》ったあと、三度地中から人形を取り出した。

それは顔がまったくない、ホムンクルスと同じ見た目のザ・人形だった。

「めちゃくちゃ適当に作ってみた！」

「そうみたいだね。男の子か女の子かも分からないもんね」

オノドリムが新しく作った人形は細部のディテールとかをガン無視したような、マネキンのようなものだった。

それに手を触れ、俺も三度、オーバードライブをかける。

オーバードライブ自体は成功した。

「どう?」

「あ、うん。やっぱりまだ高品質だけど、すごい人間が作った、くらいにはなった」

「ふう……よかった。手を抜くのってやったことないから大変だったよ」

「さすが大地の精霊だね」

オノドリムを褒《ほ》めて、オーバードライブで溶かしたマネキンにエクリプスの力を向ける。

「……うーん」

「またダメ?」

「うん。全然ダメ、うんともすんともいわない」

「あたしが作ったのじゃダメなのかな」

「そんなことはないと思うけどね。オーバードライブができるってことは『めちゃくちゃすごい道具』ということだから」

「じゃあ死者を操る力だけ使えないのはなんでだろう」

「ねえノワール。あの人が最後に作ったホムンクルスって、もしかして誰かの遺体を流用したもの?」

「いいえ、一から作りあげたものです。ご主人様が今思っているような、材料が遺体かどうか、には該当《がいとう》しないかと思います」

「うーん」

「ちょっと待ってね」

オノドリムはそう言い、どこかに飛んでいった。

それを待つ間、俺は水間ワープでホムンクルスの完成体と、海神《わたつみ》ボディを取り寄せた。

ホムンクルスはオーバードライブすれば操れるし、海神ボディは普通に操れた。

「力そのものがなくなったわけではないようですね」

「そうみたい」

念の為の確認で、力そのものは問題なしと判断した俺。

現状を不思議がりながらオノドリムを待った。

しばらくして、オノドリムは戻ってきた。

手に小さな土偶《どぐう》を持っていた。

「これは？」

「大昔――ほんっっっっとうに大昔に、あたしを祀《まつ》るために人間が作ったもの」

「原始的な偶像信仰ですね」

これまで黙っていたヘカテーが口を開いた。

信仰のことだから意見を出してきたって感じだ。

「もうそんなに残ってないけど、埋まってて朽《く》ちてないヤツを持ってきた」

「これを使えってことだよね」

「うん」

「……これってすっごい歴史的な価値があるものだよね」

「どうなんだろ」

「学術的にはおそらく値がつけられないほどの代物《しろもの》かと。大地の精霊自らが本物だと証明しておりますし、なおさらです」

「だよね」

オノドリムはけろっと言ったが、ヘカテーと俺はその価値を理解して、俺はそれにオーバードライブするのをためらった。

「いいからいいから、やってよ、ね」

「う、うん……じゃあ……」

俺はおそるおそるオーバードライブを土偶にかけた。

頼む壊れてくれるな――と神に祈りつつオーバードライブをかけた。

幸いにも、オーバードライブ自体は成功した。

土偶はいつものように溶けて形を変えた。

「どう？」

「うん…………動かせる」

「あれぇ!?」

オノドリムは素《す》っ頓狂《とんきょう》な声を上げた。

「なんでなんで？　なんであたしのがダメでこれはいいの？」

「なんでなんだろう……」

俺はいろいろと考えを巡らせた。

今までのエクリプスの力で操作できるのもあわせて、頭の中で比較しながら考えた。

「もしかして、作っ――」

言いかけた、口をつぐんだ。

ちらっとヘカテーを見る。

ヘカテーはきょとん、とした顔で小首を傾《かし》げ俺を見つめ返してきた。

伝わってないようでほっとした。

まったくの推測だが、それでも伝わってなくてホッとした。

が、一方で。

ノワールは「分かっていますよ」的な顔をしていた。

俺は苦笑いした。

あくまで俺の推測でしかないんだが。

マテオボディ、ホムンクルス、そして土偶。

それらの共通点に、もしかして「制作者が死んでいる」というのが頭に浮かんだ。

エクリプスの力は死者を操る力。

マテオボディはレイズデッドがらみで、ある意味「死体」だが、オーバードライブを挟んだホムンクルスと土偶はまったく死体ではない。

だから俺は、「制作者が死んでいる」と推測してしまったして、しまった。

そしてもうひとつ、操れたものがもうひとつ。

海神ボディ。

「神は死んだ」という言葉が頭に浮かんで、それは決してヘカテーの前では言葉にしてはいけないと慌てて口をつぐんだのだった。

119　神と殉教者

次の日の朝、屋敷の庭。

メイドのローラが、ワゴンに載せた二羽の鶏《にわとり》を運んできた。

両方とも食用にするため、最初の処理が済まされている。

どっちも原形は留められているが、どっちも生きていないのははっきりと見て取れる。

「こちらでよろしいでしょうか、お坊ちゃま」

「うん、ありがとう。えっと、言った通りのを選んでくれた？」

「はい、おそらくは……ただ、なにぶん鶏ですから、そこは絶対とは言い切れなくて……」

「あはは、それはそうだよね。僕だって同じことを言われたらちょっと困っちゃう」

笑顔で返事すると、申し訳なさそうにしたローラが、少しホッとした表情になった。

「ちなみにこちらが――」

「あっ、いいよいいよ。前もって分からない方がテストになるから」

「――なるほど。失礼致しました」

「その代わり終わった後の答え合わせをよろしくね」

「かしこまりました」

ローラは深々と一礼した。

俺はワゴンに向き直って、二羽の鶏と向き合った。

そのまま、鶏たちにエクリプスの力を使った。

直後、右の方の鶏がむくりと起き上がった。

血抜きが済まされてて、直前までぐったりしていた鶏がエクリプスの力で動き出した。

左の方はまったく動かなかった。

両方ともエクリプスの力をかけたのだが、右の方だけが動いて、左の方はウンともスンともいわなかった。

「うん……動いてない方がそうだよね？」

「さようでございます。そちらがお坊ちゃまの言いつけ通り、親がまだ産卵用に残しておいてる方です」

「うん」

俺は頷《うなず》き、二羽の鶏を改めて見つめる。

ローラに頼んだのは、捌《さば》いた鶏を二羽用意してくれ、ということ。

片方は親鶏がまだ生きているのを用意してくれ——という注文だ。

親鶏がまだ生きてる方は動かなくて、もういない方はエクリプスの力で動いた。

制作者——というか言葉的に「産みの親」がいるのといないのがエクリプスの力の及ぶ範囲、その条件。

それがまた一つ、テストで明らかとなった。

俺はエクリプスの力を解いた。

起き上がって動いていた鶏は、糸の切れた人形のようにぐったりとワゴンの上に崩れ落ちた。

「ありがとう、もう大丈夫だよ」

「かしこまりました。これ以外で何かお手伝いできることはありませんか？」

「そうだね。じゃあこれをおいしく料理してくれる？　おいしくしてね」

「かしこまりました」

ローラはそう言い、ワゴンを押して立ち去った。

それを見送りながら、俺はまた一つエクリプスの力を解明できた満足感と、それをどう活用するべきかと頭を悩ませるのだった。

☆

「聖徒《せいと》……って？」

午後になって、屋敷のリビング。

昨日あの後一旦は帰ったが、すぐにまたやってきたヘカテーと二人っきりで向き合った。

「はい、聖徒でございます」

「初めて聞く言葉だけど、それってどういうもの？」

「殉教者《じゅんきょうしゃ》でございます」

「……そうなんだ」

俺は少し驚いたが、動揺《どうよう》はしなかった。

心の準備はできていたからだ。

今あれこれ解明や活用のために模索しているエクリプスの力は死者を操る力。

そして、それに力を貸してもらってるヘカテーは世界最大の宗教、ルイザン教の大聖女という立場。

死者、そして宗教。

どこかで「殉教者」という言葉が出てくるだろうな、という心の準備はできていた。

「その聖徒がどうかしたの？」

「今回お話を持ってきたのは、十日前に殉教した男です。敬虔《けいけん》で勇敢《ゆうかん》な男で、巡礼中に魔物たちに襲われた信徒たちを逃がすべく、体を張って魔物に立ち向かいました」

「その結果が……ってこと？」

「はい。このように、聖人ほどの功績を挙げられなかった者は『聖徒』として認定する決まりとなっております」

「あっ、聖人とか、聖女？　よりも下なんだ。聖徒って」

「はい」

「そっか」

俺は頷き、納得した。

不思議とは思わなかった。

ルイザン教に限らず、どこにでもよくある話だからだ。

「その聖徒さんがどうかしたの？」

「神のお力になれるのではないかと思いました」

「え？　……あ」

なるほど、死体、か。

聖徒の説明で、ところてんのように一旦は頭から押し出されたが、すぐに思い出した。

一連の話は全て、エクリプスの死者を操る力で繋《つな》がっている。

殉教者はつまり死体になっている、ということ。

それをヘカテーが持ってきたということは。

「そのお力がどのようなものなのかはまだ分かりませんが」

「……」

もうほとんど解明できてる、とは言わなかった。

「殉教した者たちが神のお力になれれば、そう思って」

「……うん」

ヘカテーの言いたいことは分かった。

俺はなるほど、と、小さく頷いた。

☆

その日のうちに、ガランという街にやってきた。

その街の教会の中、一つの柩《ひつぎ》と、たくさんの人たちがいる。

大半が普通の信徒っぽい感じだったが、柩の前に一組の母娘がいた。

母親らしき女は、目を見ると明らかに泣きはらしたようで、娘はまだ幼く、何もかも分かっていない、という感じの顔をしていた。

その柩の横に聖職者が一人いて、何やら唱えている。

俺とヘカテーは裏にいた。

ヘカテーに小声で聞いた。

「これは？」

「聖徒として認定する儀式でございます」

「終わるまで待つの？」

「できれば今。神の奇跡が起きれば、残された母娘も救われましょう」

「なるほど」

俺は頷き、柩の方に向き直った。

ここに来るまで、念の為へカテーに確認した。

すると、男の両親はとうになくなっていると聞かされた。

十数年前の流行病《はやりやまい》で亡くなって、その後、男はルイザン教に入信した――という、よくある話だった。

両親が亡くなっているのなら、と。

柩の中に眠っている、死に顔が綺麗《きれい》に整えられた男に向かって、エクリプスの力を放った。

まだ顔がはっきりと残っている死後十日ほどのもので、ちょっと心の抵抗があったけど、母娘の救いになる、と聞かされたからやることにした。

エクリプスの力が通った。

柩の中から男がむくりと立ち上がった。

教典を唱えていた聖職者の動きがとまった。

まわりの信徒たちがざわつきだした。

殉教者の死体が柩の中から起き上がれば、ざわつきもする。

しかし次の瞬間、ざわつきが別の種類のものにかわった。

教会の天井から、白い翼を広げた海神《わたつみ》ボディがゆっくりと「降臨」してきた。

神々《こうごう》しい見た目をした海神ボディ、文字通り名実共に神の体。

神の降臨に、一人また一人、それを理解した信徒が跪《ひざまず》き、手を合わせた。

海神ボディは俺がエクリプスの力で操作していた。

マテオボディだけじゃなくて、海神ボディもこうしてエクリプスの力で動かせる。

海神ボディが殉教者の男の頭にそっと触れた。

次の瞬間、男の体が発光した。

そして海神ボディは発光した男の体を連れて天井へ向かっている途中で、水間ワープでその場から消えた。

「お母さん、お父さんはどこに行ったの？」

「お父さんは神様のところに行ったのよ。ああ、神よ、感謝致します」

男の妻は感激しながら言い、他の信徒たちも感動やら羨《うらや》ましいやら、そんな顔をした。

「……うん」

俺が見せた神の奇跡《演出》で、あの母娘が救われるように祈った。

神はもう死んでいるみたいだから、誰に祈ればいいのかは分からなかったけど。

そんなことよりも。

「殉教者、か」

動かすとまわりの人間が喜ぶ死体。

そういうものもあったんだなと、俺は自分の考えと常識を少し更新しなきゃと思ったのだった。

120 魔法工学の天才

教会から帰ってきた俺は、リビングで考えごとをした。

殉教者という発想の外にあったものを見せられて、いろいろと考えさせられた。

今はそれを考えている。

「殉教者」をそのままというわけではないが、「発想の外」にもっと何かないかとあれこれ考えた。

「何をしているの？」

「わっ！」

声が意識に割って入ってきて、それで目の前に誰かの顔が迫っていることに気づいて、飛びのくらいにびっくりした。

飛びのきはしなかったが、ちょっとだけのけぞった。そののけぞった分、顔がはっきりと見えた。

現れたのはイシュタルだった。

彼女は初めて出会った時のような、皇帝服の中でも外に出かける用の、動きやすいタイプの皇帝服を身に纏《まと》っている。

「……あれ？」

「どうしたの？」

「その格好……もしかして、女性の方の体？」

「ええ、そうよ。……分かるの？」

「うん、すごく綺麗《きれい》だから」

「そ、そう……」

イシュタルは少し焦った様子で、赤面して目を逸《そ》らしてしまった。

俺は少し不思議だった。

もともと女だった皇帝は、あることをきっかけに海神《わたつみ》の使徒《しと》になって、イシュタルの名前を名乗るようになった。

使徒になった彼女は、海水をかぶるか真水をかぶるかによって、女の体と男の体にいわば「変身」することができるようになった。

もともと女であること、その正体を隠して皇帝をしていた彼女だ。

その変身ができるようになってからは、皇帝をする時は男の体になることがほとんどだったんだが、久々に「男装」で皇帝の格好をしている。

「何かあったの？」

「い、いえ？　元々がこっちで皇帝をしていたのだから、肌を晒《さら》さない場合は、こっちでも問題ないのよ。むしろ自然なくらい？」

「あっ、そうなんだ。うん、そうだよね」

なるほど、と俺は納得した。

彼女が皇帝の時、男の姿になったのは帝国のしきたりが理由だ。

そして十数年間隠し通せてきたのだから、よほどのことがない限り、絶対に男の姿じゃないという理由もない。

むしろ本来の体の方が楽だろう。

俺もマテオボディと海神ボディをよく切り替えてるから分かる。

俺でも二つのボディの身長差でちょっと戸惑うこともあるくらいだから、男と女の体で切り替えてたらもっと戸惑うこともあるんだろう。

そう思えば、なじみのある女の体でいたいという気持ちもあるんだろうな、と推察した。

「ところで、今日はなんのご用？」

「ああ。マテオにこれを持ってきたの。はい」

イシュタルはそう言い、折りたたまれた紙切れを手渡してきた。

四つ折りにされた紙は中に何か書かれているようだったから、開いてみた。

それはいくつかの数字だった。

「これって？」

「死刑囚の数」

「死刑囚？」

「そう、上が総数、下が『弁護の余地がない』レベルの凶悪犯の数」

「死刑囚……」

そう言われて、俺は改めてメモを見た。

シンプルな数字だけ書かれたメモが、イシュタルから得た情報で重みを増した。

「これを……？」

ここ最近のことで推測はついたが、それでも慎重に聞いてみた。

「いつでも出せる死体の数、って意味」

「あ、うん。そうなんだ」

やっぱりそうか、と俺は苦笑いした。

それはいつものイシュタルだった。

俺が欲しいもの、その時に必要としてるものはなんでも揃えてきて、それで俺への溺愛《できあい》ッぷりをしめす。

だから今まで通りで、いつものイシュタルだが、さすがに「いつでも出せる死体」はちょっと困った。

「えっと、いつでも出せるはよくないんじゃないかな」

「それは問題ない。マテオはどうして、この数字があると思う？」

「え？」

「つまり、なんでこんなに死刑囚が存在してるんだと思う？」

「……死刑なのにたくさん生かして残してるのはなんで？　ってことかな」

「うん。さすがマテオ。そういうこと」

「えっと……どうして？」

「賄賂《わいろ》を取れるからよ、その辺の役人たちが」

「死刑囚なのに？」

「賄賂で逃がすのはさすがに滅多《めった》にないことだけど」

たまにはあるんだ……と思ったが、話の腰を折りそうだから言葉を呑《の》み込んだ。

「例えばなんかの原因で死刑囚になったけど、その男がその家の一人息子だった場合」

「一人息子……」

「賄賂を積んで、執行を一年だけ待ってもらって、さらに賄賂をつんで、牢屋《ろうや》の中に、妻かそれに準ずる人物を入れてしばらく一緒に過ごさせる」

「あっ……一族を残すため……」

「そういうこと」

イシュタルははっきりと頷《うなず》いた。

「あくまで一例だけど、事情は囚人の数だけある。それがいろいろ重なった結果、『死刑はすぐに執行されない』という形になったのよ」

「だから『数字』が出るんだね」

「そういうことよ」

イシュタルは頷き、メモを指した。

「マテオがほしいっていうのなら、すぐに用意させるわ」

「……」

俺は少しの間メモを眺めてから、顔を上げてイシュタルを見た。

「イシュタルって、ちゃんとした人だね」

「な、何よいきなり」

「いつものイシュタルのイメージだともう持ってきちゃうけど、それをそうしなかったから」

「マテオを困らせても……しょうがないし」

イシュタルは赤面し小声でぼそっと言った。

「うん、ありがとう。気持ちは嬉しい。でも僕のために生きてる人を殺すのはちょっと違うかな。たとえそれが死刑囚でも」

「分かった。じゃあこの話は忘れて」

「うん」

「ということで――はい」

イシュタルはそう言い、今度は別のメモを取り出した。

俺はメモを受け取って、開く。

今度はびっしりと、文字は読めるが内容はよく分からないメモだった。

「これは？」

「ホムンクルスとか、ゴーレムとかの話があったじゃない？」

「うん」

「それで思い出したの、レイフ・マートンのことを」

「レイフさん……？」

いわれて、レイフ・マートンのことを思い出す。

「あの男ならマテオの力に合わせた何かの人形を作れるのではないか、そう思って話を持ちかけてみた」

そう話すイシュタルは、さっきまでとはうってかわって得意げな顔をした。

「もしかして？」

「そう、作れると言った。話は詳しく聞いてからだが、その手のものならどんなオーダーであろうとも作れる、って」

「おお……」

レイフ・マートン、魔法工学の天才と称される男。

ホムンクルスやゴーレム的なところからその男ならもしかして――と期待が膨《ふく》らむ中。

だったらなんで死刑囚の話から入ったのか、という疑問も同時にわいた。

121 最後の悪魔

少し考えたが、率直《そっちょく》に聞くことにした。

「レイフさんからなんでも作れるって返事はもう聞いてるんだよね」

「うん」

「だったらどうして、僕に死刑囚の話を持ってきたの?」

「……はあ」

イシュタルは深い深いため息をついた。

なんでそこまで……と、ちょっとびっくりするくらいの深さだった。

「あれは能力のある男だ。天才と呼ばれるのも間違いない」

「うん」

「あれに人並みの良識が――いや、人並みの十分の一でもいいから良識さえあればと思ったよ、以前に話を聞いた時にな」

「えっと……なる、ほど」

俺は苦笑いした。

イシュタルが言いたいことはなんとなく分かった。

俺もレイフとちょっとしか関わったことはないが、有能だけど良識に欠けた男だというのは、短いやり取りだけでなんとなく分かった。

「あれに頼るくらいなら、死刑囚から調達した方がましに思えてな」

イシュタルの言葉を聞いて、俺はますます苦笑いをするしかなかった。

俺は「なんとなく分かった」レベルだが、イシュタルの口ぶりを聞いていると、俺以上に「痛感」しているような感じだ。

「死刑囚から調達した方がまし」――。

たぶん……それは深く掘り下げない方がいいんだろうな、と思った。

「えっと、やめた方がいいかな、レイフさんにお願いするの」

「……いや」

イシュタルは静かに首を振った。

短い返事の中には小さくない決意が込められているように感じた。

「話を聞くくらいならいいだろう。何より私が話を持っていった時に比べて、マテオはさらに能力の条件を解き明かしたのだろう?」

「うん」

俺は小さく、しかしはっきりと頷いた。

それはイシュタルの言う通りだった。

「親はもういない死体」という条件だけでも、かなり大きな追加情報だ。

それ以外もいろいろあるし、最初の頃、イシュタルに伝えたものよりもかなり多く、そして深く掘り下げられてるのは間違いないところだ。

「あの手の人間は与えた情報に応じて返すものを変える。今もう一度話を聞いてみてもいいだろう」

一度そこで言葉を切ったが、イシュタルはまたため息をつきそうな顔をして「——と思う」と続けた。

本当に気が進まないんだろうな、とはっきりと分かった。

そこまで気が進まないのなら無理して会わなくても——と、思ったのだが。

ドアがコンコンとノックされて、メイドのローラが入ってきた。

「失礼致します、お坊ちゃま、お客さまがお見えです」

「お客さん？」

「はい。マートン様でございます」

「——むっ？」

ローラの言葉にイシュタルが小さく呻《うま》いた。

なぜ向こうから？　——と。

おそらくイシュタルは思い、俺も同じ気持ちになった。

☆

応接間にやってくると、ソファーの上でしゃがんで、ティーカップの取っ手を摘《つ》まんで持って、口をつけているレイフ・マートンの姿があった。

俺が部屋に入っても、レイフはティーカップの取っ手を摘まんだまますすっていた。

ちなみにイシュタルは来なかった。

何か考えがあるみたいで、とりあえずは聞き耳を立ててるって言ったから、俺だけがレイフに会いに来た。

「お久しぶりです、レイフさん」

「皇帝から聞いたよ。何やら面白いことをしているみたいだね」

「えっと、うん、面白い……って、言っていいのかな」

俺は苦笑いした。

理由は、イシュタルのことを敬称なしの「皇帝」呼ばわりするところと、初期の段階とはいえエクリプス由来の力を聞いて「面白い」と言い切ってしまうところに。

前にあったレイフのイメージそのまま、そしてイシュタルが二の足を踏む理由そのままな言いようだった。

俺は苦笑いしたまま、レイフの向かいのソファーに腰を下ろした。

「レイフさんはそのために来てくれたの？」

「皇帝から聞いた話が実に興味深かったからね」

「イシュ――じゃなくて、陛下に言われたから協力してくれるってこと？」

「ただではだめだよ」

「え？　あ、うん。えっと、もちろん謝礼はちゃんと用意するつもりだよ」

「だったら、さしあたっては君の解剖《かいぼう》をさせてよ」

「さしあたってで、することじゃないよね！」

いきなりめちゃくちゃなことを言われて、思わず大声で突っ込んでしまった。

「身持ちが堅いね、嫁入り前の娘っ子じゃあるまいし」

「そういう問題じゃないよ……」

「だったら妥協《だきよう》して、君が使った前後の死体をもらうよ」

「え？　前後、って……」

「こっちが死体を用意する、君が使い終わった後に返してもらう。ってこと」

「どうしてそんなことを？」

「君が使った前と後で比較するのさ。研究の基本だろ？」

「な、なるほど」

レイフの言いように俺は面食らった。

イシュタルから既にある程度は話が伝わっている、夜の太陽エクリプス由来の死者を操る力。

普通はあり得ない力であっても、レイフはまったくのマイペースで「研究」と絡めて話を進めようとしていた。

そのマイペースさは本当にすごいと思いつつ、イシュタルが最後まで迷っていたのも分かってしまう。

「死体を持ってきたけど、この部屋に入れていい？」

「え？　あ、ごめんなさい。その前にちょっと説明いいかな」

「なんだい？」

俺はレイフにエクリプスの力の追加説明をした。

ここ数日、いろいろやった上で判別した追加条件を明かした。

レイフはまったく相づちを打たず、しかしまっすぐ俺を見つめたまま話を最後まで聞いた。

「と、いうことなんだ」

「ふーん。何度聞いても理解できない話だね」

「え？　ごめんなさい。説明が下手《へた》だったかな」

「いや？　そっちじゃなくてね」

「えっと……じゃあ？」

「何度聞いても、なんで死体を操ることに尻込みしてるのかが理解できないって意味」

「あー……」

「死体なんてただ肉の塊《かたまり》なのに何をためらっているんだい？　百万歩ゆずって身内の死体なら理屈としては分かるけど」

「あはは……どうしても、ちょっとね」

「まあ、別にいいよ」

「え？　いいの？」

俺はちょっと驚いた。

レイフが予想よりも聞き分けがいいというか、理解を示してくれるというか。

そういう感じなのがちょっと驚きだった。

「凡人《ぼんじん》が面倒臭《めんどうくさ》いのは今に始まったことじゃないさ」

「あはは」

「そういうことならキメラを作ればいい」

「キメラ……って？」

「合成魔獣のことさ。例えばライオンの胴体にドラゴンの頭をくっつける、とか」

「そんなことできるんだ……でもどうして？」

「やれやれ、凡人の君に寄り添ったつもりなんだがね。いいかい、君は感情移入できてしまう生き物の死体を操ることに抵抗がある」

「あ、うん」

「だったら一から感情移入できない生き物を作って、その死体を操る対象にすればいい。理屈は分かるかい？」

「……そっか」

なるほど、と俺は頷《うなず》いた。

突飛《とっぴ》な提案だが、確かに俺の悩みに寄り添ってくれた提案だ。

レイフのまとめ方も上手《うま》かった。

確かに俺が二の足を踏んでいるのは「感情移入」してしまうから。

魚とか、虫とか。

そういうのなら操っても心が痛まないのは感情移入していないから。

体がライオンで頭がドラゴンはどういう生き物なのか想像もつかないぶん、確かに感情移入はしなさそうに感じた。

「ホムンクルスの話も聞いたけど、人型はなんだかんだで感情移入するんじゃないのかい？」

「そうかもしれない」

「それにだ、死んでもいいのなら簡単に作れる。合成魔獣にかぎらず、生き物を一から作り出すことの一番の難点は『生かし続ける』こと。端《はな》っから死んでもいいのなら難易度は一つ——いや、三つくらい下がるね」

「そっか。でも、それでも結構難しいんじゃないの？　複数の生き物を組み合わせて、って」

「そうでもないよ、その手の研究とか実験は昔からあっちこっちでやってきてた。成功例もごくわずかだけどある」

「成功例もあるんだ」

「ああ」

レイフは頷き、摘《つ》まんだままのティーカップの中身をすすりながら、なんでもないことのように続ける。

「有名な成功例だと最後の悪魔とかだね」

「…………え？」

レイフの口から、思いがけない言葉が飛び出して、俺は一瞬思考が止まるほどの驚きを覚えたのだった。

書籍版書き下ろし

エクリプスアラカルト

夜、自室の中。

普段は一人じゃ広すぎるベッドの上だが、今日はまったくそんなことはなかった。

『ごしゅじんさま、なれなれするれす』

エクリプスが、一人でベッドの半分は占拠しているからだ。

一見するとただの球体だが、その見た目とは裏腹に、実に愛らしい動きで俺に甘えてきた。

「こうかな」

俺は手を伸ばして、エクリプスをなでなでした。

言葉としては「なでなで」だが、実際は――。

『もっとするれす』

エクリプスの要望で、ペチペチ叩いたり、強く手の平を押しつけて擦っているような状態だ。

それもそうで、エクリプスの体はこの見た目になっても感触は岩そのもので、めちゃくちゃ硬い。

普通のなでなでじゃ満足できずに、『つよくもっとつよく』っておねだりされていたらそれくらい力を込めることになった。

ふと、ちょっとしたいたずら心が芽生《めば》えた。

俺はエクリプスの側面——仮に球体が顔だとして、耳の位置にある小さな翼の付け根をこちょこちょしてやった。

『あはははは、こしょばゆいれすごしゅじんさま』

エクリプスは不快感を示すことはなく、むしろケタケタと笑いながらもっとしてくれと言ってきた。

そう言ってくるのとともに、パタパタ動く翼がちょっと可愛《かわい》らしかった。

体——つまり全身が球体で、その両横についている小さな翼。

その大きさは人間の顔とその耳と同じくらいの比率だ。

言ってみれば球体の横に「ちょこん」とついている可愛らしい小さな翼。

それは機能的に飛べるような見た目ではなく、完全に可愛さしか感じなかった。

それがバタバタしてますます可愛く感じるものだから、俺は重点的にそこをなで回し、くすぐってやった。

「やっほー」

そうしていると、部屋にオノドリムが現れた。

ドアを開けてでもなく、窓を突き破ってでもない。

大地の精霊オノドリムは、まったくの予兆なしに部屋の中にいきなり現れた。

「ねえねえマテオ、今暇――？　って、お取り込み中？」

「うん、見ての通り。でも大丈夫、何かご用？」

「ううん、暇だったら遊ぼってだけ」

「そうなんだ」

「なんか……面白いことになってるね」

オノドリムはそう言って、ベッドに上がってきた。

そして至近距離からエクリプスをのぞきこんだ。

「面白いの？」

「うん！　だって、あたし最初『使徒《しと》にした』としか聞いてなかったんだ」

「うん」

俺は小さく頷《うなず》く。

話に直接関わったわけじゃないオノドリムだから、間接的にその程度の話しか伝わらなかったんだろう。

「だから、人間っぽい見た目になったのかなって思ってた。ほら、今までのはみんな人間だったし、一番見た目が変わった皇帝ちゃんも女から男になったけど結局人間じゃん？」

「たしかに……ぼくも実はちょっと驚いてるんだ、この見た目には」

「それがこんな可愛らしい姿でしょ。あいつがこうなるんだ……って」

「あれ？　ねえオノドリム、その口ぶりだと前からエクリプス──リュクスのことを知ってるみたいだけど」

オノドリムの口ぶりに引っかかりを覚えて、聞き返した。

エクリプス、つまり夜の太陽の一件は、夜の太陽が現れるまでまったくの原因不明で、それを突き止めるまでがかなり大変だった。

その夜の太陽の存在をオノドリムは知っていた……？　と、引っかかりを感じざるをえなかった。

「ううん、直接は知らない」

「直接は？」

「うん、直接は。でもあたしがいるじゃん？」

「オノドリムが？」

いるじゃん？　ってどういう意味なんだろうと、まっすぐ見つめて聞き返した。

「だからいろんな精霊もあっちこっちにいるんじゃないかって普通に思ってた。あたしが大地だから海の精霊とか空の精霊とか、そのほかも色々あるけど、昼の精霊と夜の精霊もいるよねきっと──って」

「なるほど。確かにそうだね」

オノドリムの説明はとても理にかなったもので、俺は納得した。

そもそもからして――。

「エクリプスとオノドリムの理由が似てたもんね」

「そうだよ！　一人ぼっちですごく寂しかったんだからね！」

「えっと――よしよし？」

俺はおそるおそる、って感じで手を伸ばした。

片手でエクリプスをなでなでしたまま、もう片方の手でオノドリムの頭を撫《な》でてあげた。

嫌がられたらすぐにやめようと思っていたけど、オノドリムは目を細めて「えへへ」と嬉しそうにしたから、しばらくの間撫で続けた。

「でも、ほんっとうに、不思議な見た目になったね」

「うん」

「使徒にした、のあとに聞いたのが『人間じゃない』ってわけだから、もっと別物を想像したんだ」

「別物って、どういうの？」

「えっとね――実際に見てもらった方が早いかな」

「うん？」

実際にってどういうことだろう——は、不思議に思う暇もなかった。

オノドリムは俺から少し離れて、「えいっ」と可愛らしいかけ声とともに指を立てて天井をさした。

すると、ベッドの真横に巨大な岩が現れた。

ほとんどエクリプスと同じサイズの、かなり「普通」の岩だった。

「それは?」

「見てて」

オノドリムは岩に近づいていった。

近づき、おもむろに手を伸ばして触れたと思ったら、岩をまるで粘土のようにこねくり回して、形を変えていった。

「そ、それって岩だよね」

「うん。これでも大地の精霊だよ、岩くらいちょちょいのちょいでこねくり回せるもん」

「そっかー」

最初は見た目に驚いたが、説明を聞いてこれまた納得した。

オノドリムは岩をこねていった。

大きな岩は瞬く間に人間の顔になった。

粘土で人の顔を作る職人さんを見たことがある。

爺《じい》さんが俺の像を作らせようとした時に見せてもらったのだ。

サイズと素材がまるっきり違うが、あの時と同じ感じでこね上げられていった。

オノドリムからすれば息をするのと同じような感覚なんだろうが、大地の精霊の力はすごいなと改めて痛感した。

「え？」

納得と痛感、それとは違う形で驚いた。

オノドリムは作りあげた岩の顔の耳を摘《つ》まんで、左右に思いっきり引っ張った。引っ張られて伸びた部分をさらにこねて、まるで翼のようにした。

「じゃーん、かんせーい」

「おー」

オノドリムが完成と言ったのは、側頭部に巨大な翼を生やした人の顔だった。

それとエクリプスを交互に見比べた。

ぬいぐるみのようにデフォルメされた顔と、ちょこんとついている小さな翼。

写実的なイケメン男の顔に、これまた写実的で今でも羽が舞い落ちそうな大きな翼。

顔に翼がついているだけ、言葉にすれば同じだが方向性が一八〇度違っていた。

「あたしこんな感じだって思ってたんだ」

「なんでこう思ったの？」

「えっとね——じゃん」

また手を突き上げるオノドリム、今度は部屋の中に壁が現れた。

ところどころ剝《は》がれ落ちてる、どこかの壁。

その壁には絵が、壁画が描かれていた。

「これは？」

「大昔の遺跡の壁画だよ」

「遺跡の壁画も持ってこれるんだ」

「地中に埋まってたからね」

「あー……」

なるほどなと思った。

「でね、これこれ」

オノドリムは壁画の一部を指した。

そこにはオノドリムが作ったような、人間の顔に翼が生えているようなものが「うじゃうじゃ」って感じで存在していた。

「こ、これって？」

「この遺跡を作った文明が信仰した神様。こういうのが本当にいるって信じてたみたいだよ。それを覚えてたんだ」

「へえ……そうだったんだ」

壁画を見て、納得する。

「でも……」

そう言って、改めて壁画とエクリプスを交互に見比べる。

『ごしゅじんさま？』

「こっちになってくれてよかった。あっちのだと怖いしね」

そう言い、不思議がるエクリプスを撫でる力を強めた。

俺とオノドリムの会話の内容を理解していないのか、それともそもそも聞いてもいないのか。エクリプスは図体《ずうたい》の割には子犬のような仕草で、俺のなでなでに体を押しつけて、甘えてくる。

「今の方がかわいい」

「可愛さならこういうのもあるよ」

オノドリムはそう言い、顔岩をさらにこねた。

顔だったのが見る影もなく丸まって、完全な球体になった。

その球体の左右についていている写実的な翼も丸められて、小さな球体になった。

「はい、お団子頭」

「お団子頭かな、これ。ボールが三つくっついてるだけに見えちゃう」

「でも可愛いでしょ」

「さっきのよりはね」

「じゃあこんなのはどう？」

オノドリムはさらに岩をこねた。

今度はエクリプスそっくりに作ったが、体の球体が球体ではなくなって、なにやら溶けかかった感じになっている。

「これは？」

「スライム風」

「おー、これならちょっと可愛いかも」

俺は素直にそう思った。

スライム的な体に、ちょこんと小さな翼が左右についているのが結構可愛らしかった。

「じゃあこういうのは？」

一度もとの球体にもどして、そこから直接手足を生やしてみた。

「うーん、悪くないけどどうなんだろ」

「じゃあこっちは？」

オノドリムはそう言いながら、あれこれとこねくり回してみせた。

球体であるのをベースに、時には俺からも思いつきを言ったりして。

オノドリムと一緒にいろんなエクリプスの見た目を語り合ったりして、楽しい一時を過ごしたのだった。

あとがき

人は小説を書く、小説が書くのは人。

皆様お久しぶり、あるいは初めまして。

台湾人ライトノベル作家の三木《みき》なずなでございます。

この度《たび》は『報われなかった村人A、貴族に拾われて溺愛される上に、実は持っていた伝説級の神スキルも覚醒した』の第5巻を手にとって下さりありがとうございます！

おかげさまで、本シリーズも第5巻に突入しました。

皆様が既刊を手に取って下さったおかげで刊行を続けることができました、本当にありがとうございます！

そして、この第5巻発売と同じ月にいよいよコミカライズの第1巻も発売されます！

小説はもちろん自信をもって、楽しんでいただける出来としてお届けさせていただきましたが、コミカライズはこれに勝るとも劣らないくらいめちゃくちゃ面白くできていると感じています。

本作品のメインコンセプトである「溺愛」、マテオをあの手この手で溺愛する面々は、漫画ならではの味わいと楽しさがあります。

本シリーズを5巻まで追いかけて下さった皆様なら間違いなく気に入っていただける出来だと信じています。

このあとがきを読まれている頃には書店に並んでいるはずですので、是非《ぜひ》同じ集英社のヤングジャンプコミックスか、異世界漫画のあたりで探してみて下さい！

そして、『山口勝平《やまぐちかつぺい》のドラマティックRADIO！』内で放送しておりますラジオドラマも第四期に突入しました！

こちらは小説の第4巻、つまり前巻のエピソードがメインとなります。

今回も新キャラは超豪華声優陣を迎えての第四期となっておりますので、是非聴いてみていただけるとすごく嬉しいです。

こちらはインターネットラジオでの放送で、無料で聴けますので、是非気軽に検索し、アクセスしてみてください。

最後に謝辞《しゃじ》です。

イラスト担当の柴乃《しばの》様。今回もイラスト最高でした！　女の子たちが可愛いのはもちろん、エクリプスも最高に可愛かったです！

担当編集T様。今回も色々ありがとうございます！

ダッシュエックス文庫様。五巻を刊行させていただいて本当にありがとうございます！

本書を手に取って下さった読者の皆様方、その方々に届けて下さった書店の皆様。

本書に携《たずさ》わった多くの方々に厚く御礼申し上げます。

次巻をまたお届けできることを祈りつつ、筆を置かせていただきます。

二〇二三年四月某日　なずな　拝

ダッシュエックス文庫

報われなかった村人A、貴族に拾われて溺愛される上に、
実は持っていた伝説級の神スキルも覚醒した5

三木なずな

2023年5月30日　第1刷発行

★定価はカバーに表示してあります

発行者　瓶子吉久
発行所　株式会社　集英社
〒101−8050　東京都千代田区一ツ橋2−5−10
03(3230)6229(編集)
03(3230)6393(販売／書店専用) 03(3230)6080(読者係)
印刷所　株式会社美松堂／中央精版印刷株式会社

ISBN978-4-08-631508-1 C0193

この作品の感想をお寄せください。

あて先　〒101-8050　東京都千代田区一ツ橋2-5-10
集英社　ダッシュエックス文庫編集部　気付
三木なずな先生　柴乃櫂人先生

2023年 YJC ダッシュエックスコミックス
5月刊 大好評発売中!!
DASH X COMIC INFORMATION
※2023年5月現在の情報です。
何をしても全肯定!?
最強愛されライフ!
報われなかった村人A、貴族に拾われて溺愛される上に、実は持っていた伝説級の神スキルも覚醒した❶
［原作］三木なずな ［漫画］くもすずめ
［キャラクター原案］柴乃櫂人
別れたら生活が激変!?
ざまぁ系ラブコメ♥
幼馴染彼女のモラハラがひどいんで絶縁宣言してやった❶
〜自分らしく生きることにしたら、なぜか隣の席の隠れ美少女から告白された〜
［原作］斧名田マニマニ ［漫画］ヒゲ
憧れすぎる!? 充実異世界マイホーム生活!!
俺の家が魔力スポットだった件⑮
〜住んでいるだけで世界最強〜
原作／あまうい白一 漫画／chippi
コンテ／おおみね キャラクター原案／鍋島テツヒロ
美女すぎる魔王の右腕になって絶賛無双中!
失業賢者の成り上がり⑪
〜嫌われた才能は世界最強でした〜
原作／三河ごーすと
漫画／おおみね
ブラック国家から逃げ出し正当評価で大出世!
無駄飯食らい認定されたので愛想をつかし、帝国に移って出世する❹
〜王国の偉い人にはそれが分からんのです〜
原作／相野 仁 漫画／澄沢ソウタ キャラクター原案／マニャ子
本気じゃなくてもDXに成り上がる話題作!
俺はまだ、本気を出していないDX❶
原作／三木なずな 漫画／二宮カク
キャラクター原案／さくらねこ
水曜日はまったり
ダッシュエックスコミック
ニコニコ漫画にて大好評配信中!
水曜日はまったりダッシュエックスコミック で検索